週4で部屋に遊びにくる

小悪魔ガールはくびったけ!

[著] 九曜 KUYOU

[イラスト] 小林ちさと

CHARACTERS

黒江美沙《くろえみさ》

中学３年生／身長：162cm

聖也のマンションのお隣りさん。よく聖也の部屋に遊びにくる。まだ中学生なのにかわいいというよりは美人。聖也をからかうのが好きな小悪魔ガール。

「自慢じゃないですがわたし、大人っぽくてスタイルがよくて、ちょっとえっちです」

比良坂《ひらさか》 聖也《せいや》

高校２年生／身長：172cm

本作の主人公。両親の離婚をきっかけに、母親とともに引っ越してきた。好きなバスケができなくなったことで、今は何事に対してもやる気がない。

ふたりの日常

黒江美沙

美沙：今日、お邪魔しますね。

聖也：お前いつもうちに来てるけど
友達いないのか？
既読

美沙：失礼ですね。ちゃんとたくさんいますよ。
もしかして連れてきて欲しいんですか？

聖也：美沙の友達ってことは中学生じゃないか。
僕にそういう趣味はない！
既読

美沙：そのわりにわたしが部屋に
遊びにいくのは止めないんですね？

聖也：まぁ、美沙はあまり
中学生っぽくないからな。
既読

美沙：自慢じゃないですがわたし、中学生に
しては大人っぽくてスタイルがよくて、
ちょっとえっちですから。

美沙：でも、どうしましょう。友達を連れていっても、
結局わたしが一番って聖也さんが
再確認することになりそうです。

美沙：みんなで帰った後、わたしだけこっそり
戻ってきたほうがいいですか？

美沙：さっきから既読無視、悲しいです……。

「じゃあ、
フリースローで
勝負しましょう」

「下着も
なかなかですよ。
……見ます？」
こともあろうに美沙は、
自らスカートの裾を
手前に引き寄せてみせた。

CONTENTS

SHU-4 DE HEYA NI ASOBI
NI KURU
KOAKUMA GIRL HA KUBITTAKE!

プロローグ

第１章　小悪魔ガールがあらわれた！

第２章　小悪魔ガールとスリッパと手料理と

第３章　小悪魔ガールは近頃ちょっと変？

第４章　小悪魔ガールはデートがしたい

第５章　小悪魔ガールは帰りたくない

エピローグ

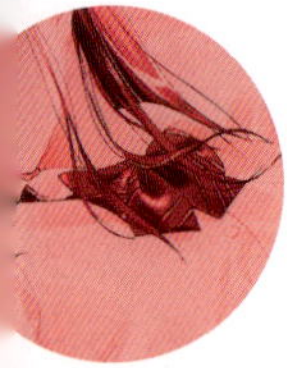

週4で部屋に遊びにくる
小悪魔ガールはくびったけ！

九曜

カバー・口絵　本文イラスト
小林ちさと

編集
中島将智（ストレートエッジ）

SHU-4 DE HEYA NI ASOBI NI KURU KOAKUMA GIRL HA KUBITTAKE!

プロローグ

ここに引っ越してきて十日ほどがたった六月の中旬。

今日も僕は真《ま》っ直《す》ぐに家へと帰ってきた。

別に転校してきたばかりだから友人がいないというわけではない。友達と呼べるやつは何人かできたし、今日もどこかへ遊びにいこうと誘われた。

ただ、僕がそんな気分になれないだけ。

今日も何ごとにもやる気が出ないまま学校の授業を終え、帰ってきた。まだイマイチ慣れないマンションの階段をのぼる。

ここは三階建て。建物正面に立つと、階段がふたつ見える。ひとつひとつに目を向ければ、各階には階段をはさんで部屋が二戸ずつで、六戸。それがふたつなので、このマンションには計十二戸あることになる。向かって左の階段の二階が我が家だ。

「おかえりなさい、聖也《せいや》さん」

階段をのぼり、ドアの前に立ったところで声をかけられる。

さらに上へと続く階段に、ひとりの少女が座っていた。

黒髪の美少女。

学年は、高校二年生の僕のふたつ下で、現在中学三年生。誕生日は聞いていないから、歳《とし》は十四か十五かは知らない。

「ああ、クロエか」

別に彼女がフランス人とのハーフというわけではない。れっきとした日本人だ。名は黒江美沙《くろえみさ》。

彼女のことは『クロエ』と呼ぶことになっていた。

クロエとはこのマンションにおいて同じ階段、同じ階——つまりはお隣りさんということになる。建物の構造上、玄関ドア同士が向かい合っていることを考えると、お向かいさんと表現するべきだろうか。

彼女はとっくに帰宅して着替えたらしく、初夏らしい半袖《はんそで》のカットソーにミニスカート姿だ。そもそも登下校の時間が合わないのか、僕はクロエの制服姿を未《いま》だ見たことがなかった。公立の中学に通っているのか、それとも私立校なのか。

そんな恰好《かっこう》で階段に座っているものだから、決定的な部分は見えないものの、太ももの裏側を惜しげもなく晒《さら》していた。

　クロエは、中学三年生にしては背が高い。そして、それに見合うだけのスタイルもある。それだけに僕は、彼女のそんな座り方にどきっとする。

「……クロエ」

「はい？」

「誰《だれ》かきたらどうするんだ」

　曖昧《あいまい》な言い方だが、彼女は僕の言いたいことを察したらしい。それでも特に慌《あわ》てたりはせず、座り方を直そうともしなかった。

「大丈夫ですよ。ここを通るのは上の階の人だけですし、そろそろ聖也さんが帰ってくるころだと思って、ついさっきここに座ったばかりです」

「あっそう」

　僕は素っ気なく答えると、制鞄《せいかばん》から家の鍵《かぎ》を取り出し、ドアの鍵穴に挿《さ》し込んだ。視線を少し上にやれば、『比良坂《ひらさか》』という表札が見える。

　それが今の僕の姓だ。十七年近く使っていたものを捨てて変わった、新しい姓。

　比良坂聖也。

　この新しい家同様、この名前にもまだ慣れない。

「あ、それとももっと無防備な座り方のほうがよかったですか？」

　複雑な心情の僕に、クロエがからかうように言ってくる。

「それならそうと言ってくれたらよかったのに。何なら指摘されて顔を真《ま》っ赤《か》にしながら慌ててスカートを押さえるおまけもつけてあげます」

「……そういうのは僕のいないところでひとりでやれ」

僕が努めてフラットに言い返すと、クロエはくすりと笑った。そのやけに大人っぽい笑い方が僕の耳朶《じだ》を打つ。

「じゃあな。早く帰れよ」

「わたしがただ聖也さんを出迎えるためにここにいたと思ってるんですか？　遊びにきたに決まってるじゃないですか。もう、わかってるくせに」

クロエは口を尖《とが》らせながら、でも、怒ったふうはなく、まるで僕の心の動きを見透かしたように苦笑しながら言う。

「……だと思ったよ」

そう、こいつはよく僕の部屋に遊びにくる。ここに引っ越してきて十日。もう何度か部屋に上がり込まれている。

鍵を回し、開錠。

「……入れよ」

僕はため息を吐《つ》いてから、そう告げた。

「あら、入れてくれるんですか？」

「そういう約束だからね」

　確かに約束した。約束である以上、守るべきだろう。少なくとも守る努力をしなくてはいけない。たとえ僕がその約束に納得していなくてもだ。

　僕がドアを大きく開けて中に這入《はい》ると、クロエも僕の後に続いた。

「お邪魔しまーす」

　自分のスリッパに足を突っ込む僕の横で、彼女もまた猫の顔をしたかわいらしいスリッパをラックから取り上げた。それは我が家が女の子の来客のことを考えて用意したものではない。あろうことかクロエのマイスリッパなのである。

「誰もいないよ」

「礼儀ですよ。よその家にお邪魔するときの」

　それだけ聞けばまるで彼女が行儀のいい女の子のようだが、クロエは本当にここをよその家だと思っているのか怪しい振る舞いをするから困りものだ。

　このマンションは単身、或《あるい》いは、子どものいない世帯用なので、間取りは2ＬＤＫ。我が比良坂家は僕と母だけなので、これで十分だ。

　リビングを抜けて、僕の私室へと這入る。クロエも何の警戒もなく一緒に入ってきた。彼女が遊びにきたときに母がいたのは最初の一回だけなので、今さらではある。

「ここ、座らせてもらいますね？」

「だから、ベッドに座るなといつも言ってるだろ。そっちに座れ」

僕はライティングデスクのキャスタ付きチェアを指さす。

「仕方ないですね。座るのがダメなら、寝るのはどうでしょう？」

そう言うと、クロエはころんと仰向《あおむ》けに寝転がった。

頭をこちらに向け、逆さまになった顔で僕を見上げてくる。足をそろえるようにして膝《ひざ》を立てると、スカートの裾《すそ》が太ももを伝ってゆっくりとすべり落ちてきた。

「あ、ほら、聖也さんがこの前読んでた雑誌に、こんな感じのポーズをした水着の女の人の写真が載ってましたよね」

「確かに載ってたけど、僕はそれが目的で読んでるんじゃないからな？」

引っ越しのドタバタで読めなかった号があって、それをクラスメイトに話したら快く貸してくれたのだ。そして、持って帰って部屋に放り出していたそれをクロエが見つけた、というわけだ。

「あと、時々僕より年下、クロエと同じくらいの子もいるからな」

全員が全員、彼女より年上のグラビアアイドルというわけではなく、アイドルグループの時もある。その中にはクロエと同じくらいの歳の子もいるようだ。

「あ、そうなんですね」

当然そんなことを知らなかったクロエは、興味深げに返事をする。

しかし、すぐ後には表情を一転させ、意地の悪そうな笑みを見せた。その顔で聞いてくる。

「わたしとどっちがスタイルいいですか？」

「知らないよ、そんなこと。お前のなんて見たことないんだから」

僕はなげやりに答える。

見たことはない。見たことはないが、クロエのスタイルがいいのは先にも述べた通り。おそらく同い年で彼女に敵《かな》う女の子は稀《まれ》だろう。

「あ、それもそうですね」

納得したようにクロエは言う。続けて何やら考えている様子だったが、何か言い出すよりも先に僕が口を開いた。

「ほら、いつまで寝てるんだ。起きろ。起きてそっちに座れ」

「はーい」

クロエはむくれたように返事をして、ベッドから体を起こした。そろえた足を床の上に下ろすと、猫顔のスリッパを履《は》いて立ち上がる。そして、乱れたスカートの裾を手で払って整えると、ライティングデスクのチェアへと移動した。

彼女がそちらに腰を下ろしたのを見届けてから、僕はデスクのそばに制鞄を置き、僕自身はベッドに座った。

クロエはイスに座ったまま、嬉《うれ》しそうに部屋を見回している。

面白《おもしろ》くもなんともない部屋だと思うのだけどな。

そう、この部屋には何もない。

前はもっといろんなものがあった。ボールがあった。選手のポスターがあった。教本も専門誌もあった。

だけど、ぜんぶ捨てた。

それを諦《あきら》めざるを得なくなったとき、すべて捨てたのだ。

そうしたら何もない部屋になった。

空《から》っぽの部屋はまるで今の僕を表しているかのようだ。

「あ、そうだ」

急にクロエが立ち上がった。

「外は暑かったし、喉《のど》が渇いたんじゃないですか？　何か飲みもの、とってきますね」

「お前、本当にここが人の家だってわかってるか？」

「わかってますよ。でも、わたし、聖也さんのお母様からお台所を好きに使っていいって言われてますから」

得意げに言い返して、クロエは部屋を出ていった。

実際、本当だから困る。母が彼女をいたく気に入った結果だ。

外面《そとづら》はいいのだ、黒江美沙は。礼儀正しくて気が利《き》いて、かわいいけど少し大人っぽくもある美少女。だが、中身はあの通り。中学生なのに年上の僕をからかって楽しむたちの悪い面をもっている。きっと自分が魅力的だということをある程度わかっているのだろう。

「どうしてこうなった……?」

僕は仰向けにベッドに倒れ込んだ。

どうして僕はあんな小悪魔少女に気に入られてしまったのだろうか。

第1章 小悪魔ガールがあらわれた！

SHU-4 DE HEYA NI ASOBI NI KURU KOAKUMA GIRL HA KUBITTAKEI

1

「母さん、少しそのあたりを散歩してくるよ」

ここに引っ越してきた日。

家のそこかしこに置かれ、積まれた段ボール箱をただのひとつも開けぬうちに、僕は母にそう告げた。

「いいけどすぐに帰ってきなさいよ。これを片づけないと何もはじまらないんだから」

「わかってるよ」

そう、ここが新天地。

僕と母は、新しくはじめるためにここにきたのだ。

僕は玄関でスニーカーに履《は》き替えると、外へと繰り出す。洒落《しゃれ》た外観をした三階建てのマンション。その二階が僕と母のこれからの我が家だ。

階段を下り、正面に広がる駐車場を抜けると――僕は初めての土地の散歩に出た。

遡《さかのぼ》ることこの三ヶ月前、父と母が離婚した。

もともと不仲になりつつあったふたりだったが、昨夏にある事件が起こり、そのときできた亀裂が修復不能であることを悟ったのが秋。それをきっかけとしてグダグダしながら離婚を決めたのだった。

僕は父も母も特段きらってはいなかった。しかし、どうしても父についていく気にはなれず、たぶん父もそうされても困っただろうから――こうして母と一緒に、心機一転、やり直すためにこの地にきた。

（まぁ、尤《もっと》も、心機一転したいのは母さんだけで、僕は逃げ出したようなものだけど）

自嘲《じちょう》気味に苦笑する。

僕はすべてを――僕のすべてだったものを捨て、思い通りにならない現状と自分に向けられる視線から逃げ出したのだ。

失意なんてものはとうに過ぎ去った。

僕は『余生』をどう生きるかすら考えず、今はただ無意味に毎日を消費しているだけ。

だから、この散歩にも特に意味はない。希望に心躍らせ新天地の探検に出たわけではなく、ただ単に新生活の準備が億劫《おっくう》で後回しにしたかっただけだ。

家の位置を見失わないよう意識しながら歩いていると、少し大きな公園に出た。

そこには珍しいことにバスケットボールのコートがありゴールが置かれていた。だが、誰《だれ》も使っていない。ここではあまり人気がないのだろうか。

僕は思わず足を止めた。

「……」

それをじっと見つめた後、自分の心の動きを確かめつつおもむろに近寄っていく。

動揺は、ない。

（それだけ冷めたということかもな……）

僕は己《おのれ》に冷笑する。

と、そこでボールが落ちていることに気がついた。練習用のゴム製だ。ここを使っているクラブチームのものか、或《ある》いは、個人か。どちらにせよ忘れていったものだろう。

僕はそのボールを足の先で手前に引き寄せると、今度は同じ足の爪先《つまさき》でこちらに転がるそれを素早く跳《は》ね上げる。手の中にボールがおさまった。

バスケットボールを足で扱うなど、今までは絶対にやらなかった行為。練習中にやろうものなら確実に怒られる。あえてそれをやってみたが、あまり気分はよくなかった。生まれたのは小さな罪悪感だけ。

ボールを手に持ってゴールに目をやれば、四十五度のミドル。——なかなかいい位置だ。

「もう普通にプレイできるだろうけど……」

そうつぶやいてから僕はゴールを見据え——精神統一。足を肩幅に広げる。ボールを右手で支えて頭上に掲げ、左手は横から添えるだけ。

そうしてシュートを放つ。

手から離れたボールはイメージ通りの放物線を描き、ノータッチでリングをくぐり抜けた。

感動は特になかった。

僕にとってこれくらいはできて当たり前だからだ。いや、できて当たり前『だった』と言うべきか。

そのときだった。

「きれいなシュートフォーム」

不意打ち気味の声に驚いて振り返ると、そこには女の子がひとり立っていた。

見たところ、歳《とし》は僕とあまり変わらないだろう。裾《すそ》を短く切ったトップスにショートパンツというスタイル。まるでストリートパフォーマーような格好《かっこう》だが、ダンスをするには長めの髪が少し邪魔だろうか。

そして、何よりきれいな子だった。

はっと息を呑《の》むような美少女が、そこにいたのだ。

「まいったな。見てたのか……」

こんな子にいつの間にか見られていたのかと思うと、少し恥ずかしかった。

「男の人だとそんなところからでも手の力だけで届くんですね。すごいです」

女の子は目を輝かせて感激を口にする。

実際には手の力だけで投げているわけではない。膝《ひざ》や腰、手首のスナップなども関係しているのだが、普段は無意識でやっている。口で説明しようと思っても難しい。すっかり身に染《し》みついてしまった動作だ。

「バスケ、やってたんですか？」

「まぁね」

もうやめたけど――という言葉は飲み込んだ。

「ポジションはどこですか？」

「フォワードだよ」

僕は美少女との会話に少し浮かれながら答える。

「だったら、今の場所からのシュートは得意ですね」

意外にも彼女にはバスケの知識があるらしい。経験者だろうか。

「そうだね。試合中でもよっぽどプレッシャをかけられないかぎり外さないよ」

「すごい自信」

彼女は楽しげに笑う。大人っぽい笑い方だった。

「こう見えてもエースなんて呼ばれてたからね。自信がなきゃやってられないよ」

「じゃあ、ほかにも何かやってみてください」

「しょうがないな」

我ながらバカだと思う。かわいい女の子におだてられて、すっかり舞い上がってしまっているのだから。

しかし、実際に何かやってみせようとして――僕はぴたりと動きを止めた。

（また思い通りに体が動かなかったらどうする……？）

女の子に無様を晒《さら》すだけならまだしも、またあんな苦くて、歯痒《はがゆ》くて、情けない思いをするのか？

それとも目の前にいる女の子が喜びそうな小手先の芸のようなテクニックでも披露して、お茶を濁すか？　それはそれでやはり情けない。

僕は体から力を抜いた。急速に冷めていく。

「悪いね。やっぱりやめとくよ。今日は調子が悪いみたいだ」

「そうですか？　そんなふうには見えませんけど？　でも、無理強《じ》いはできませんね」

そう言って少女は微笑《ほほえ》む。

「調子が戻ったら、また見せてくださいね」

「戻ったらね」

答えて、自嘲気味に苦笑。

残念だけど僕は知っている。調子など戻らないことを。僕の体はもう今まで通りには動かないのだ。


だから、僕はバスケを捨てた。

いや、きっと僕がバスケに見捨てられたのだ。


「あ、そろそろ帰らないと。……じゃあ、またね。お兄さん」

何か用事でも思い出したのだろうか。少女はそう言うと、踵《きびす》を返して駆けていった。

「またね、か……」

きっとその『また』は二度と訪れないにちがいない。僕が毎日のようにここに練習にくるのならば、再び彼女と会う可能性もあっただろう。だけど、僕がここに立ち寄ったのはたまたまの気まぐれ。

だから、もう彼女と会うこともない。あんなかわいい女の子と知り合いになれなかったのはもったいないけれど。

僕は拾ったボールをその場に置くと、コートに背を向けた。

§§§

もう少しだけあたりを見て回ってから家に帰る。

母とともに引っ越しの後片づけをしていると、あっという間に夕方になっていた。

「聖也《せいや》、母さん少し買いものに行ってくるわ」

キッチンやリビングが終わると、今度は自分の部屋の整理だ。その最中、ドアの向こうから母がそう言ってきた。

部屋を見回す。

あらかた片づいた感じなので、そろそろここで一度休憩を入れてもいいだろう。ドアを開け、母に顔を見せる。

「僕も一緒に行くよ」

「あら、そう？　助かるわ」

昼はテキトーに軽いものですませた。実質的にこれがこの地にきて最初の本格的な買いもの。母のことだから、きっと大量に買い込んでくるにちがいない。ならば、男手もあったほうがいいだろう。

　母と一緒に玄関を出る。

「さっきの散歩で何か面白《おもしろ》いものは見つかった？」

　後から出た僕がドアを施錠していると、その背中に母が聞いてきた。

「特には。でも、いいところだとは思うよ」

　かわいい女の子もいるし、とは言えないが。

「そう言えば、公園にバスケのコートとゴールがあったよ」

「そう……」

　相づちを打つ母の声は少し悲しげだった。

「こっちでは、バスケはやらないの？」

「そのつもり」

　ふたりで階段を下りる。

「前の学校では続けられなかったけど、今度のところだったらできるんじゃないの？」

「それはそこでやっている人たちに失礼だよ。レベルの高いところで挫折《ざせつ》したから、今度はできそうなところでやる、なんて」

　だから続けるべきではないし、僕にはもうその力はない。母もわかっているはずだ。僕がバスケと、それに関《かか》わるすべてのものを捨てたことを。それでも一縷《いちる》の望みをまだ持ち続けているのだろうか。

「聖也は挫折したんじゃないでしょ」

すかさず母が訂正する。

「運が悪かったのよ」

「同じことだよ」

ケガなんてたいていは運が悪いものだ。僕もそう。運が悪かったのだ。だけど、ケガの経緯も理由も関係ない。

僕は利《き》き腕《うで》を折って、バスケを諦《あきら》めた——その事実に変わりはないのだから。

「もうバスケはやらない」

「そう……」

僕が改めてはっきりと告げると、母は残念そうに返事をした。

母が希望を捨てきれず、僕がまたバスケをはじめることに期待するのは、僕のケガに母も関わっていることを考えればむりからぬことなのかもしれない。

母の後に続いて階段を一階分下り、表に出た。そうして僕がさらに言葉を続けようとしたときだった。

「あら、こんにちは」

大人の女性の上品な声。

ちょうど出かける僕らとは反対に、ひと組の母娘が帰ってきたところだった。どうやらこちら側の階段からつながるどこかの住人のようだ。

「もしかして今日二階に越してきた方？」

「ええ、そうです。比良坂《ひらさか》です。これからよろしくお願いします」

「黒江《くろえ》です。こちらこそよろしくお願いします。うちも二階なのよ。お隣さんですね」

と、大人同士のやり取りが続く中、僕は娘と思われる女の子に釘《くぎ》づけになっていた。

「こっちは娘の美沙《みさ》です」

「まあ、きれいなお嬢さん」

母も彼女を見て目を丸くする。

「こんにちは。また会いましたね、お兄さん」

少女は僕を見て微笑む。

「あら、聖也。会ったことがあるの？」

「……さっきね」

そう。彼女は昼間公園のコートで会った美少女だった。

「そうなんですね。……聖也さんとおっしゃるの？　うちの美沙と仲よくしてやってくださいね？」

母親のほうにそう言われ、僕は硬い表情で「はい」と返した。

一度は知り合いになれたらと思った女の子。こんなかわいい女の子が日々の中にいれば、僕の空虚な毎日も少しは華やかになるかと淡い期待をもった。

でも、こんな近くに住んでいるなら話は別だ。今の僕は非常に憂鬱《ゆううつ》な気持ちだった。

2

私立翔星館《しょうせいかん》学園。

中高一貫校のその高等部が、これから僕が通う学校だ。

ここに移り住んで三日目の今日が、編入後初登校の日だった。

新しい生活、新しい学校に抱く希望は特にない。これまで自分のすべてだと思っていたものを失《な》くした僕は、脱け殻《がら》か亡者のようなもの。希望など抱くはずもなかった。

六月という中途半端《ちゅうとはんぱ》な時期の転校生に気を遣ってか、単なる好奇心か、声をかけてくれる新しいクラスメイトを無難にやり過ごし――夕方、僕は家に帰ってきた。

「ただいま」

ドアを開け、決してリビングにまで聞こえる声でもなく、そう口にする。

母は離婚する前から働いていた。父も母も、それぞれ自分の仕事をもっていて、それなりの地位にいる。今回の引っ越しはそう遠くないところへの転居だったので、母は同じ仕事を続けているのだった。僕に遅れること一日、明日から母も出勤するらしい。

ふと、玄関に見慣れないものを見つけた。

僕のものよりもふた回りくらい小さな靴だった。母の靴ではない。女の子用のスニーカーのようだ。

まさか、と思う。

「聖也、おかえり」

僕の声が聞こえたのか、ドアの開閉する音に気づいたのか、母がリビングから顔を出して僕を迎えた。

「美沙ちゃん、遊びにきてるわよ」

「……」

そのまさかだった。

僕は思わずため息を吐《つ》く。

「なぁに、その顔。かわいい子じゃない。それにすごくいい子よ」

「知らないよ、そんなこと。まだ一回しか話したことがないんだから」

と、母には言ったものの、僕もその一回で彼女が感じのよさそうな女の子だという印象を抱いている。

スリッパを履き、リビングへと這入《はい》った。

「あれ？」

が、そこに彼女の姿はなかった。

「美沙ちゃんだったら聖也の部屋にいるわよ」

「は？」

「さっきまでここで母さんと話してたんだけど、いつまでも大人としゃべっていても疲れるでしょ？　だから、聖也の部屋で待ってもらってるの」

「……」

マジかよ……。

僕は意を決して部屋の扉を開けた。

「おかえりなさい、聖也さん。お邪魔してます」

彼女は背筋を伸ばしてベッドの端にちょこんと座り、何をするわけでもなく僕を待っていたようだ。いや、手にはスマートフォンが握られているので、それをさわって時間をつぶしていたのかもしれない。

「えっと……」

言いたいことがいくつかあったが、まず彼女のことを何と呼んでいいのか迷った。言い淀《よど》みながら、僕は部屋のドアを閉める。

「わたしの名前ですか？　ドロシーです」

「僕がセイヤだからドロシーか？　出来の悪い冗談だな」

意外と文学少女なのか、それとも僕みたいに有名どころを少しばかり齧《かじ》ってみただけなのか。

「黒江美沙です。覚えておいてくださいね、聖也さん」

「わかったよ、黒江」

彼女は僕のことを『聖也さん』と呼ぶ。なら、僕は『黒江』と呼ぶことにしよう。

「あら。美沙と呼んでくださってもいいのに」

「冗談じゃない」

「だったら、『クロエ』っていうのはどうですか？　外国の女の人みたいでいいです」

黒江は名案とばかりに胸の前で手を叩《たた》きながら、やけに無邪気な笑顔で提案してくる。

「クロエね……」

僕はアクセントを変えて、試しに発音してみる。

それが女性の名前として使われているのは、フランスとスペインあたりか。

「まぁ、別にいいけど」

「決まりですね」

と、黒江もといクロエ。

「じゃあ、さっそくだがクロエ、そこじゃなくてそっちに座ってくれないか？」

僕はライティングデスクのキャスタ付きチェアを指さす。

すると、彼女は小さくくすりと笑った。

「女の子が自分のベッドに座っているとドキドキします？」

「バカなこと言ってないで」

「はーい」

返事だけは素直だが、顔は可笑《おか》しそうに笑っている。

クロエがチェアに腰を下ろしたのを見届けてから制鞄《せいかばん》を床に放り出し、今度は僕がベッドに座った。

改めてライティングデスクを見ると、そこには飲みものが注《そそ》がれたグラスが置いてあった。母が出したものだろう。この部屋にはローテーブルの類がないから、そこにしか置くところがないのだ。

「聖也さん」

クロエが僕を呼ぶ。

「隣、座っていいですか？」

「お前はそこだと言ったばかりだろうが」

何のためにそっちに座らせたと思っているんだ。

「いえ、そっちのほうが広そうだと思ったものですから」

「広いせまいの問題じゃないんだよ……」

僕は頭を抱える思いで言い返す。じゃあ、何の問題かと問われると困る。たぶんこれは感情の問題だ。

「確かに広さは関係ないですね。わたし、けっこう細いので、普通サイズのベッドでも邪魔にはならないと思います」

クロエは両の掌で自分のウェストを挟み込み、何ごとかをアピールしながら言う。

「……で、こんなところで何をしてるんだ？　学校は？」

そんな彼女を無視し、ヤケクソ気味に僕は聞いた。いちいちひとつひとつつき合っていたらキリがない。

「見ての通り、遊びにきました。学校はちゃんと行きましたよ？　中学は高校よりも早く終わりますから」

「ん？　中学？　クロエ、お前、中学生だったのか⁉」

何か思わぬ言葉を耳にし、僕は聞き返す。

「そうですよ？　中学三年生。見えませんか？」

「いや、てっきり僕とそう歳の変わらない高校生だと思ってた」

「失礼ですね。そんなに老けて見えます？」

クロエはかわいらしく怒ってみせる。

本気で怒っていないとはわかるものの、気分を害したようなセリフを吐かれてしまっては、こちらも思わず言い訳を口にするというもの。

「大人っぽいから中学生だとは思わなかったんだよ」

「ものは言いようですね。でも、悪い気はしません」

そう言ってクロエは笑う。

「これでも悪く言ってるつもりはないからね」

僕は改めて黒江美沙を見た。

中学生だと思えば、また見え方は変わってくる。おそらく彼女は中三にしては背が高いほうだろう。それにスタイルもいい。クラスの女の子たちが休み時間に見ているファッション雑誌の中にいてもおかしくない感じだ。

「聖也さん」

クロエが僕を呼ぶ。

「そんなにじっと見られると恥ずかしいです」

「わ、悪い」

クロエが顔を赤らめ、そろえた膝頭《ひざがしら》を少し横に向けながら言うものだから、僕は慌《あわ》てて顔を背《そむ》けた。いつの間にか彼女のことを不躾《ぶしつけ》に観察してしまっていたようだ。

そんな僕の様子が可笑しかったのか、彼女は小さく笑う。

やけに大人っぽい笑い方。

そう。僕がクロエを高校生だと思った理由がここにもある。彼女は見た目だけでなく、所作も大人びている。話し方も丁寧。だからだろうか。どうかすると僕と同学年の女子よりも落ち着いて見えるのだ。

そこで僕はあることに気づいた。

「ちょっと待て。それだと僕が帰ってないのをわかってて、うちにきたことにならないか？」

クロエは自分で言っていたではないか。中学校は高校よりも早く終わるのだと。

「あ、ばれてしまいましたか」

舌を出すクロエ。

「聖也さんがいるときにきてもお部屋には入れてもらえないと思いましたので」

「で、うちの母親はまんまと家に上げた挙げ句、僕の部屋にまで案内したわけか。いったい僕の部屋で何するつもりなんだよ」

「えっちな本がないかと思いまして」

しれっとそんなことを言う。

「お前なぁ……」

「冗談ですよ」

そして、今度は例の大人びた笑みを見せた。

「引っ越してきたばかりですから、まだですよね？」

「それもちがうからな？」

むきになるのもバカらしいが、それでも訂正だけはしておいた。

どうにも調子が狂う。

中学生にしては落ち着いた振る舞いをし、丁寧な口調で大人っぽく微笑んだかと思うと、次の瞬間には人をからかって意地の悪そうな笑みを見せる。黒江美沙という少女は摑《つか》みどころがない。

「ところで、聖也さん――」

不意にクロエは話を変えようとする。

僕はこいつにからかわれているのだろうか？　……からかわれているのだろうな。

「先日公園で会ったときと態度がちがう気がします。なんだか冷たいです」

今度はむっとした顔で、じっと見つめてくる。いや、『じとっと』と表現するほうが正しいか。怒っているらしい。

やはりそこを突いてきたか。

「かもね」

でも、僕は否定《ひてい》しない。

「悪いけど、こっちが本来の僕だよ。この前はかわいい女の子におだてられて浮かれてたんだ。あのときのことは忘れてくれ」

本来の僕――。

本来の僕というなら、あの日の姿が本来の僕かもしれない。一年前の僕は、実際にああだった。でも、僕はもうそこには戻れないのだ。ならば、あれは気まぐれに見せた、偽《いつわ》りの僕ということになる。

仮に、僕とクロエがたまに会うだけの関係なら、彼女を騙《だま》し、自分を騙して、偽りの僕を見せるのもよかったのかもしれない。でも、実際にはこうしてすぐそばに住んでいる。遠からず彼女は中身のない、脱け殻の僕を目の当《ま》たりにすることだろう。

期待させて突き落とすくらいなら、最初から見栄《みえ》など張るべきではない。

「調子、戻らないんですか？」

「ん？　あぁ、そんなことも言ったか」

一瞬何のことかわからなかった。

そう言えば先日の公園のコートで、調子が悪いと言って誤魔化《ごまか》したのだった。

「そうだね。まだ当分戻りそうにないよ」

「そうですか……」

クロエは悲しそうに顔を伏せた。

その姿に少し心が痛む。

或いは、僕の中心に新たな芯《しん》のようなものが戻れば、また初めて会ったときのようにクロエと接することができるのかもしれない。だが、それはもう叶《かな》わないことだ。

きっと僕はこれからもクロエを失望させ続け、いずれ見限られるにちがいない。

3

翔星館学園に編入して最初の日曜日だった。

僕がうまくクラスに溶け込めるよう気を遣ったクラスメイトが遊びに誘ってくれたが、例の如《ごと》く断った。これでさっそく比良坂聖也はノリの悪いやつというレッテルを貼《は》られてしまったかもしれないな。

かと言って、家にいたらいたでクロエが押しかけてきそうだ。実際、あの二日後、また遊びにきている。

こんな抜け殻みたいな人間のところにきて何が楽しいのだろうか。しかも、終始あの調子。冗談とも本気ともつかないようなことを言ったり、人を喰《く》ったような受け答えをしたり。どうにも捉《とら》えどころがなくてついていけない。見た目は文句なく美少女なのだけどな。

そんなわけで僕は、クロエから逃げるようにしてあてのない散歩に出たのだが、

「結局、ここにきてしまうわけか。我ながら未練がましい」

思わず呆《あき》れ気味に苦笑。

知らず知らず足を運んだのは、公園にあるバスケのコートだった。

学校にしかないならわざわざ学校に行かなければすむのだが、なまじ家から歩いていける距離にあるだけに厄介《やっかい》だ。

休日だというのに、やはり誰も使っていない。ここでは人気がなくて、そもそもミニバスや学外のクラブチームのようなものはないのかもしれない。あっても市の体育館で練習しているか、だろう。もったいない。

誰かが使っていれば引き返しもしたが——僕はコートに踏み入る。

あたりを見回してみれば、今日は忘れもののボールは落ちていなかった。そうそう都合のいいことはないようだ。ほっとしたような残念なような、複雑な心境だ。

と、そのときだった。

「ボールならありますよ」

この数日ですっかり聞き慣れた声に振り返ると、声の主の姿を確認するよりも先に目に入ったのは、こちらに飛んでくるボールだった。咄嗟《とっさ》に体が反応して、そのボールをしっかり両手でキャッチする。

意外に鋭いパスだった。

「やっぱりここにいましたね」

「クロエ……」

彼女はこの前同様、夏を先取りしたようなヘソ出しのトップスにショートパンツ姿でそこに立っていた。

「さっき聖也さんちに遊びにいったのですが、お母様に出かけたと言われたので、さがしにきちゃいました」

「案の定かよ……」

家にいなくてよかった。

「返す。いらないよ」

僕はボールを投げ返した。手を離れたボールは、ワンバウンドしてきれいにクロエの手の中におさまった。

「そうですか？　今日こそ何かやってみせてもらえると思ったのですが」

クロエは寂《さび》しそうにそうこぼす。

僕はそんな彼女の姿を見ていられなくて、背を向ける。そうしたらそうしたで、今度はコートと向き合うことになってしまった。

「クロエ」

捨てざるを得なかったものを直視しながら、僕は少女を呼ぶ。

「もう僕のところにはくるな」

「あら、どうしてですか？　こんなかわいい女の子とお部屋でふたりっきりになれるのに。それとも自制心に自信がないとか？」

クロエは僕をからかうように笑う。

「茶化《ちゃか》すなよ」

まぁ、それも多少なくはない。

だけど、それ以上に僕はクロエから期待に満ちた目を向けられるのが怖いのだろう。バスケを捨てた僕は、もう彼女の期待に応《こた》えることはないのだから。

「じゃあ、フリースローで勝負しましょう」

誤解されないように、でも、核心部分にふれないように説明するにはどうしたものかと言い淀んでいると、クロエがそんな提案をしてきた。

「フリースロー勝負？　サドンデスか？　それとも決めた数か？」

「いいえ、シュートは一回だけ。聖也さんが打ちます。ゴールに入ったら聖也さんの負け。わたしはこれまで通り、お部屋に遊びにいきます。外したら聖也さんの勝ちです。もうお部屋には入りません」

提示されたのは実に奇妙な勝利条件だった。

「普通逆じゃないか？」

「そうですね」

しかし、クロエはそう言って笑うだけ。

「でも、それでいいですよ」

「なら簡単だ。僕はテキトーにボールを放って外せばいい」

それで僕の勝ち。望み通りクロエは部屋に遊びにこなくなる。これほど単純明快な話はないだろう。

だというのに、クロエは自信満々の態度を崩さなかった。

「お前、もしかして自分がかわいいからって、僕がわざと負けると思ってるのか？」

「そうだとちょっと嬉《うれ》しいですけどね。さすがにそこまでは思ってませんよ」

クロエは笑いながらそう言うと、もう一度こちらにボールを投げて寄越した。真《ま》っ直《す》ぐ僕の胸もとに飛んでくる。やはりバスケの経験があるようだ。

「まぁ、いいけど。……どこからでもいいよな、どうせテキトーに投げるんだし」

「ダメです。フリースローでの勝負なんですから、ちゃんとフリースローレーンに立ってください」

僕がシュートを外して終わるだけのこの勝負。いいかげんにやろうとしたらクロエに怒られてしまった。

「はいはい」

仕方なく僕は、軽くドリブルをしながら移動する。

途中、試しに一度ジャンプシュートを打つ。ろくに狙《ねら》いをつけていないのでボールは、ガン、とリングに当たって弾《はじ》かれた。……こんなものか。

ボールを拾い、フリースローレーンに立つ。

その瞬間、僕の顔はプレイヤのそれになっていたにちがいない。

ゴールのリングとネット、その向こうのバックボード、リングまでの距離と高さ、自然と意識してしまうシュートを打った後のボールの軌道――すべての景色が僕には懐《なつ》かしく、それでいて僕自身の時間をあのころにまで巻き戻す。

フォワードだった僕にとって、この距離は得意だ。フリースローなら八割強の確率で決める自信がある。チームメイトだって僕がフリースローをもらえば、試投数だけスコアが入ると計算していたはずだ。

その僕がわざとシュートを外す？

遊びだから？　もうバスケは捨てたから？　――ふざけるなよ。

ここに立った僕の唯一無二の使命はシュートを決めることだ。静まり返った試合会場で、僕が放ったボールがノータッチでリングをくぐり、ネットを揺らすかすかな音――それが聞きたいんだ。それを聞かせて、チームのベンチと観客を沸かせたいんだよ。

気がつけば僕は、真剣にゴールを睨《にら》みつけていた。

そうしながらボールをつく。クロエが持っていただけあって中学生用で軽い。しかも、皮製ではなく練習に使うゴム製のもの。だけど、次第に手に馴染《なじ》んできた。初めて扱うボールだが、どれくらい跳ねるのか、どれくらいの力で投げればどれくらい飛ぶのか、ほぼ把握できた。

ゴールを決めるために必要なすべてを掌握すると、僕はボールをつく手を止める。と同時、すでに手はシュートを打つためのかたちになっていた。

軽く腰を落とし、ボールを頭上に掲げる。

そして、シュート。

僕はシュートを打ったままのかたちで、ボールの行方《ゆくえ》を見守る。

かくして、ボールはイメージと寸分たがわない弧を描き、ノータッチでリングを通り抜けた。僕が求めていた、耳をすまさないと聞こえないようなかすかな、しかし、確かな快音もあった。

「よし……！」

僕は思わず拳《こぶし》を握りしめた。

これくらい決めて当たり前の僕でも、すべてが理想通りならそれはプレイヤとしての無上の喜びだ。見たか、これが僕だ——と、相手チームと観客に向けて己の存在を知らしめるのだ。

不意にパチパチと拍手の音が聞こえ、僕は振り返る。

「さすがです、聖也さん」

クロエだ。

彼女は年相応の無邪気な笑みを浮かべている。

「ようやくプレイを見せてもらうことができました」

「そうだな」

最初にシュートをしているところを見られて以来か。すぐ後に何かほかにもやってみせてとねだられたが断っている。

「何だか当たり前のように入るから、うっとりしてしまいました」

「僕のフリースロー成功率は八割強だよ」

「すごいです」

クロエは微笑む。

そう。これが僕のもつ武器のひとつだ。このシュート力でもって様々な局面を戦ってきた。あるときは土壇場で敵に追いつき、あるときは追いすがってくる敵チームを無慈悲に突き放してきた。

「でも、勝負はわたしの勝ちですね」

冷や水を浴びせるようなクロエのその言葉に、僕は軽い眩暈《めまい》を覚えた。

「……そうだな」

ああ、そうだった。今は勝負の真っ最中だった。

敵はどこかのチームではなく、黒江美沙という名の少女。ゴールを決めたら負けで、外すと勝ち。そんな変則ルールでの勝負の真っ最中。

そして、僕はゴールを決めてしまった。

故《ゆえ》に、敗者は僕。

僕はため息をひとつ吐いて、一度踵を返した。ゴール下まで歩いていって転がるボールを拾い上げると、再び振り返る。

クロエが嬉しそうに笑っていた。

果たして、僕は何に負けたのだろう？　これはクロエとの勝負だが、決して彼女にではない気がする。強《し》いて言うなら、未練がましく僕の中に残っていたプレイヤとしての自分に、か。

「そんなにまた遊びにきてほしかったんですか？　最初からそう言ってくれたら、こんな勝負なんてしなくてもよかったのに。仕方のない人ですね、聖也さんは」

クロエは例の大人っぽい笑みで、からかうように言ってくる。

「そんなわけないだろ」

「もう、照れなくていいのに。でも、じゃあ、そういうことにしておきますね」

「……」

そういうことにしておくも何も、そんな気は微塵《みじん》もないのだが。

まぁ、仕方がない。これも約束だ。同じ空間にいると居心地が悪いだけで、基本的には無害だし。いずれ飽きるだろう。

だが、後になって思う。僕は甘かった、と。

何せこれ以降もまったく飽きる素振《そぶ》りを見せなかったし、決して無害でもなかったのだ、この小悪魔少女は。

第2章 小悪魔ガールとスリッパと手料理と

SHU-4 DE HEYA NI ASOBI NI KURU KOAKUMA GIRL HA KUBITTAKEI

1

クロエと勝負した翌月曜。

僕は遅れないようにとだけを考えて、漫然《まんぜん》と学校へ向かった。

教室に入ると出入り口近くにいた生徒は、今度は誰《だれ》がきたのだろうとこちらを見るが、僕だとわかって顔を戻す。転校生だからという理由で声をかけてくるやつはもういない。転校生の消費期限は一週間ちょっとというところか。

机とクラスメイトの間を縫って、自分の席に向かう。

「おはよう、比良坂《ひらさか》」

僕が机の上に制鞄《せいかばん》を置いたところで挨拶《あいさつ》を投げかけてきたのは、設楽《したら》だった。隣には榊原《さかきばら》もいる。

このふたりが転校してきた僕に最初に話しかけてきたクラスメイトであり、先の日曜日にも遊びに誘ってくれたやつらでもある。

「おはよう」

「相変わらず朝から生ける屍《しかばね》って感じの顔だな」

榊原が苦笑い。

「生まれつきなんだ。我慢してくれ」

僕はイスに腰を下ろしながら答えた。

その自覚はある。人間、自分のすべてだと信じていたものを失えば、ただ生きているだけの屍《しかばね》になるらしい。

「で、昨日はどうしてたんだ?」

「死体は死体らしく部屋にある棺《ひつぎ》の中で寝て過ごしてたよ」

本当はバスケのゴールに向かって一発勝負のシュートを打っていた。何ともアクティブで、アクレッシブな死体だ。

「それじゃどっちかって言うと、ドラキュラ伯爵《はくしゃく》だな」

今度は設楽が愉快そうに笑った。

「そっか。それが比良坂の休みの過ごし方か。また何かあれば誘うから、気が向いたら出てきてくれよ」

「そうする」

ほとんどのクラスメイトは転校生に興味を失くした。これといって人気ものになる素質があるわけでもなく、終始この調子なら当然だろう。

でも、この榊原と設楽と、あとひとりだけはちがっていた。友達ができなさそうな僕への同情か、それともこんな僕でもいいというおおらかな性格なのか、こうして話しかけてくる。自分たちの誘いを断って寝ていたと言われても許せるあたり、後者なのだろう。おかげで今の僕の数少ない友人だ。

「前から聞きたかったんだけどさ、比良坂って、なんでこんな変な時期に転校してきたんだ？」

と、設楽。

「そもそも高校で転校って珍しいんじゃね？　いじめ……って感じじゃないよなぁ」

「ちょっと、やめなさいよ」

そこで女の子の声が割って入ってきた。

十波《となみ》だった。

僕に声をかけてくる奇特《きとく》なクラスメイトの最後のひとり。聞いた話だと、榊原、設楽、十波は中等部からの入学組で、何の縁かずっと同じクラスなのだという。十波には十波で女子のグループがあるが、こうして三人でいることも多いらしい。

なお、十波は名前を千波《ちなみ》というそうだ。十波千波。彼女自身まんざらでもないのか、初対面で自慢げに自己紹介されたことは印象深い出来事だった。

榊原と設楽の名前は知らない。確か最初に声をかけてくれたときに名乗られたはずだが、十波ほどのインパクトがなかったせいか、記憶に残らなかったのだ。

「ゴメンね。デリカシーのない男で」

「うがっ」

十波は設楽の横に立つと、そのデリカシーのない男を足のアウトサイドで蹴《け》っ飛《と》ばしながら謝ってきた。

「痛ってーな。お前の足は凶器かよ」

「おほほほ。キック力は健在なのよ」

設楽の文句に、十波は高らかに笑う。仲のいいことだ。

「大丈夫だよ。設楽が言う通り、そんなんじゃないから」

「あー、あたしもそれはなさそうと思ってたかな？　比良坂、意外と体格がいいし、いじめられるタイプじゃない感じ？」

十波は首を傾《かし》げながら言う。

きっと彼女も少なからず僕の転校の理由に興味があるのだろう。

「単に親の都合だよ。聞いて面白《おもしろ》い話でもない」

「いわゆる転勤族ってやつ？　比良坂も大変だな」

僕の曖昧《あいまい》な言葉を設楽はそう解釈したらしい。まぁ、それこそ親の離婚なんて他人が聞いても面白い話でもないので、僕は訂正はしなかった。

「ところでさ、比良坂は何か部活とかやってなかったの？」

「……いや、特には」

どちらかと言えば、僕にとっては転校の理由よりもこちらのほうがあまりされたくない質問だった。

（まぁ、それでもクロエがいないだけ、気持ちは楽だけど）

クロエは何かとバスケの話題を持ち出したがる。明言はしていないが、やはりバスケの経験があるのだろう。

「そっか。残念」

肩を落とす十波。

「それがどうかした？」

「今度さ、球技大会があるんだよ。バスケとバレーの」

「……」

横から榊原がおしえてくれるが、僕はバスケという単語がひっかかったせいでうまく返事ができなかった。

「で、当然うちのクラスからも選抜チームを出さないといけないわけ。でも、バスケのほうが小南《こみなみ》だけじゃどうにも弱い感じなのよね……」

「……」

「あ、言われてもわからないわよね。えっと……」

その名前を聞いて思わず黙り込む僕に、十波は一度教室内を見回し、

「ほら、そこ。あそこにちょっと小柄な男子がいるでしょ？　あれが小南。なんでも中学のときはバスケ部だったってんで、体育でバスケをやろうものなら独壇場《どくだんじょう》って話」

伝聞形式なのは、基本的に体育の授業は男女別だからだろう。おしえてくれたのは榊原と設楽か。

十波が視線で示したほうに目をやれば、男子の四人組がいた。その中にひとり平均身長に届かないくらいの男子生徒がいる。それが件《くだん》の彼だった。

（小南、か……）

名前は何といっただろうか……と考えてみるが、思い出せなかった。

「やるからにはいいところまでいきたいじゃない？　だから、バスケのほうに小南以外にも経験者がいればと思ったんだけどねぇ」

それで転校生の僕がそうだったら、と思ったようだ。

十波は「世の中そううまくはいかないか……」と、腕を組み、ため息を吐《つ》く。

本当は世の中そううまくいっているのだが、僕がその球技大会とやらに出る気がない以上、

経験者だと名乗り出ても意味はないだろう。今度は出たくない理由を説明しなくてはいけなくなる。


「こっちのふたりは？」

僕は榊原と設楽を示して問うた。

「ああ、そのふたりはサッカーなのよね」

「お前もな」

設楽が口をはさむ。

「十波も？」

「そ。あたしたち三人、サッカーのクラブチームに入っていたの。あたしは中学に上がると
きに辞めたけど」

「俺《おれ》と榊原は中学卒業までやってた」

十波に言葉を引き継ぎ、設楽が説明してくれる。

なるほど。中学から今まで同じクラスであるだけでなく、それ以前からサッカークラブと
いう縁があったわけだ。十波のキック力云々《うんぬん》の話もそこからか。

「そう言えば、僕の家の近くの公園にバスケのコートがあるけど、ここにはバスケのチーム
はないのか？」

「フライデーナイトバスケットっていうのがあるけど、老若男女関係なく週に一回楽しくや

るだけのチームみたいね」

「ふうん」

ここにはクラブチームの類はないらしい。せっかくあんなしっかりしたコートがあるのに、もったいない。

「あ、そうそう。そのバスケの話だけど――ま、未経験でもいいから、よかったら参加してよ。比良坂、運動神経よさそうだし」

十波はそう言うと、もといた女子のグループに戻っていった。

まだ詳細は聞いていないけど、もし全員参加ならバレーの補欠にでも名前を書いてもらうことにしよう。

「なんなの、あれ？」

「負けず嫌いなんだろ」

僕の疑問を代弁するように設楽が聞き、その答えは榊原が苦笑しながらもたらしてくれたのだった。

程なくして予鈴が鳴り、榊原と設楽も自分の席へと帰っていった。

2

午後になって母から『今日は遅くなります。先に食べていてください』とのメールが届いた。

「先に食べとけって、何をだよ……」

文面を見たときは苦笑したものだ。

とりあえず帰って、何かあればそれでよし。何もなければ、そのへんに買い出しにいかなくてはいけない。ひとり暮らしをしているわけでもない男子高校生に料理スキルは皆無だ。買うと言っても、すぐに食べられるようなものばかりになるだろう。

両親はともに仕事をしているが、母は十二分に家事をこなしていた。それだけにこうしてたまにできないときがあると、逆に父は苛々《いらいら》を募らせていたのかもしれない。離婚前の仲の悪さの原因だ。

夏の前哨戦《ぜんしょうせん》じみた六月の蒸し暑さの中、マンションまで帰ってくると、僕は少しだけ周囲に意識を向ける。

家は家で警戒すべきものがあるのだ。

だが、階段を上がって我が家の前まできたが、その途中で座って待ちかまえているようなこともなければ、いきなり自分の家の玄関ドアから飛び出てくるようなこともなかった。

「今日はいないのか……」

少し拍子《ひょうし》抜けする。

だけど、家の鍵《かぎ》を鍵穴に挿《さ》し込んだときだった。

「もしかしてわたしの姿が見えないから寂《さび》しいとか思ってます？」


「っ⁉」

いきなりの声に振り返れば、クロエが自分の家の玄関ドアから顔だけを出し、こちらを窺《うかが》っていた。……悪趣味な登場の仕方をしてくれる。

「すみません。遅くなりました」

驚いた僕が可笑《おか》しいのか、彼女は笑いながらドアの陰から飛び出てきた。

「遅くなったも何も、別に待ってな――」

「ちょうどシャワーを浴びていたもので」

しかし、クロエは僕の抗議の意を含んだ言葉を無視し、家に上がるという意思表示のように、僕のそばに寄ってきた。

確かに彼女の言う通り、シャワーを浴びていたのだろう。髪は少し濡《ぬ》れていて、シャンプーの香りがかすかに漂ってきた。肌もわずかに上気していて、オフショルダーの服のせいで見える首筋から鎖骨へのラインがやけに艶《なま》めかしい。

「まぁ、今日は暑かったしな」

そんなものを間近で見せられた僕は慌《あわ》てて顔を背《そむ》けながら、内心の焦《あせ》りを誤魔化《ごまか》すように返した。

「それもありますけど、ほら、聖也《せいや》さんのお部屋に行くわけですから、何かあってもいいようにと」

「何もないし、そもそも僕の部屋にこなければ、そんな無意味な準備はいらないと思うぞ」

さすがにそこまで突き抜けたことを言われると、逆にすっと冷める。思わず真顔で返してしまった。

「ほら、入るのか入らないのか」

「もちろん、入りますよ」

僕の白けた反応に、むっとするクロエ。

ようやく僕は家の中に這入《はい》り、彼女も後に続いた。

「実は、今日はいいものを持ってきたんです」

玄関を上がったところで、クロエはそんなことを言った。

「いいもの？」

「これです」

そうして手に持っていたファンシィな紙袋から取り出したのはスリッパだった。猫の顔をモチーフにしたもの。足の甲の部分にはネコミミまでついている。

「かわいいと思いません？」

「ああ、そうだな」

確かにかわいいが、クロエにしては少し子どもっぽいチョイスのような気がした。でも、中三ならそんなものだろうか。

「これ、かわいいだけじゃないんですよ？」

と、クロエ。

「なんと、歩いていると時々火を噴きます。ボッて」

「そんなスリッパがあってたまるかっ」

家が燃えるわ。

「まぁ、自分で用意してきたところは殊勝《しゅしょう》な態度だと思うけどな」

「だって、これからも遊びにこさせてもらうわけですから、これくらいはしませんと。あ、いちいち持って帰りませんので、こちらに置いとかせてくださいね」

「……」

単に図々《ずうずう》しいだけだったか。殊勝の正反対。

自分用のスリッパを履《は》いたクロエは、リビングに這入ると僕の横をすり抜けてキッチンへと向かった。

「さて、と……」

そして、やにわに冷蔵庫を開け、覗《のぞ》き込む。

「お、おい、クロエ……」

てっきりいつものように部屋についてくるものと思っていた僕は、いきなりのこの行動に呆気《あっけ》にとられる。どうもうちの母親がクロエをいたく気に入った結果、彼女にキッチンを好きに使っていいと言ったらしいが、さすがにこれは傍若無人《ぼうじゃくぶじん》が過ぎる。というか、はしたなくないだろうか。

「何かほしいなら僕が用意してやるから——」

「聖也さんはちょっと黙っててください」

しかし、彼女は冷蔵庫の中を検《あらた》めながら、僕に背を向けたままぴしゃりと言う。

「黙ってろって、いったい何を……」

直後、クロエがぴたりと動きを止めた。

こちらを振り返る。

「あれ？　お母様から聞いてません？」

「聞くって？」

「ちょっと待っててください」

そう言うとクロエはスマートフォンを取り出し、操作しはじめた。

「えっと……あ、これはいつか聖也さんに送りつけようと思ってる、ちょっとえっちな自撮りですね」

「ッ⁉」

「冗談です」

きっぱりと言う。

そうして一度顔を上げた。

「もしかして期待しました？」

してやったりと言わんばかりの、かわいらしくも意地の悪そうな笑みだ。先ほどの仕返しだろうか。

「そう見えたか？　驚いたんだよ」

「いいですよ？　誰にも見せないって約束してくださるなら、一枚送って――」

「そんなもの人に見せられるか。普通に逮捕案件だ」

女子中学生のアレな自撮りなんて、危なくて持ち歩けない。

「あ、これです」

クロエが見せてくれたのは、チャットアプリの画面だった。……どう考えても、この画面と画像フォルダはまちがえようがない。

僕はそのログを見て、がっくりと肩を落とした。

それはクロエと母とのやり取りで、要約すると帰りが遅くなるから僕の食事を頼むというものだった。母は実にフレンドリィな口調、いや、文体だ。僕のときとはおおちがい。

「いつの間にこんなことをやってたんだ……？」

「この前、外でお会いしたときにＩＤを交換しました」

「僕とすらそんなことをしてないのに、すごい状況だな」

そもそも僕はチャットアプリに母を登録していない。何か連絡があるときのツールはもっぱらメールだ。

まぁ、別にかまわないけど。ふたりが何をしようと。

これで母が「先に食べとけ」としか言わなかったわけがわかった。それならそれでひと言クロエが嚙《か》んでいることを言っておいてくれたらいいのに。

「じゃあ、聖也さんとも交換しておきましょう」

「いや、僕はすぐそばにいるだろうが。何かあったら直接言いにこいよ」

「あ、それもそうですね」

そう言ってクロエはあっさりとスマートフォンを引っ込めた。

「……」

そして、僕は思わず押し黙る。

つまるところ僕は、言外にいつでも僕のところにこいと言ってしまったのではないだろうか。どうする？　今からでも前言を撤回するか？

「やっぱりＩＤ交換しておきます？」

葛藤する僕を見て笑いながら、クロエが言ってくる。

「今ならもれなくえっちな自撮り写真が最初に送られてきますよ？」

「そのひと言がなければそうしたいところだったけどなっ」

今このタイミングでそうしようなんて言ったら、まるでその写真が目当てみたいになる。そもそもそれがクロエの狙《ねら》いなのだろう。ＩＤの交換なんてする気がないのだ。

「まぁ、チャットで連絡がとれるようになったからといって、わたしが遊びにくる回数が減るわけではありませんが」

しれっとそんなことを言うクロエ。

「むしろ四六時中メッセージが飛んでくるわけか。メリットが何もないな」

「メリットならあるじゃないですか。自撮り写真が」

「爆弾だ、それは。むしろデメリットでしかない。……本題に戻ろうか」

「もう少し興味をもってくれないと、女の子として自信を失くしそうです」

クロエは口を尖《とが》らせる。

「喰《く》いつかれても困るのはそっちだろ」

「そうでもないですよ？　『もぅ、聖也さんったらえっちなんですから』って笑いながらとっておきのを送ってあげます」

「そこまでおおらかなのもどうかと思うけどな」

彼女は本当に中学生なんだろうか。そうでなくとも時々妙に大人っぽい表情でどきっとさせられて、年下である事実に対して懐疑的になるというのに。

その埋めがたいギャップに、僕は調子を狂わされてばかりだ。

「で、結局のところ、うちの母親に食事の準備を頼まれたから、さっそく冷蔵庫の中身を確認していたわけか？」

「そうですね。中のものは好きに使っていいと言われただけあって、残念ながら何でも作れそうです」

「残念ながら？　何が残念なんだ？」

言葉の選択に違和感を覚え、僕は問い返す。

と、クロエはいつものように大人っぽく笑い、

「いえ、何もなければ聖也さんと一緒にお夕飯の買い出しデートにいこうと思ってました。そこが残念です」

「あっそう。……じゃあ、僕は部屋で着替えてくるから。好きにやってくれ」

僕は不意打ちのようにデートなどと言われ、逃げるように背を向けた。

クロエは何も言わない。

だけど、きっと声をひそめて笑っているにちがいない。

§§§

その後、クロエは——まずは軽く下準備。それからいつものように僕とどうでもいいような話をして、程よい時間になったところで本格的に夕食を作りはじめた。

やがて並べられたのは、豚肉の生姜焼きにひじき煮。そして、テーブルの真ん中には大きめのサラダボウルに盛られたシーザーサラダがあった。

「こんなものでどうでしょうか?」

長年我が家の食生活を支えてきた母ならここにもう一品加えるところなので、それと比べてしまうと見劣りはするが、十分立派なものだった。これで不満をもらすやつは普段からよっぽど贅沢《ぜいたく》な食事をしているか、家庭料理よりもジャンクフードを好むような輩《やから》だろう。

「ちょっと統一感がない気もしますが、そこは目をつむってください。まだレパートリィが少ないですから」

「これで文句を言ったらバチがあたるな」

僕ひとりならテキトーなもので腹を満たして終わらせていただろうから、こんなまともな食事にありつけることには素直に感謝しかない。

「聖也さんに褒《ほ》められてしまいました。嬉《うれ》しいです。でも、どうせなら『いいお嫁さんになるよ』くらい言ってくれてもいいんですよ？」

「そんなこと言ったらどんな展開になるか容易に想像がつくからやめとくよ」

「あら、『じゃあ、わたしをお嫁さんにしてください』なんて、わたしが言うとでも？　聖也さんは意外と自惚《うぬぼ》れ屋さんですね」

からかい口調のクロエ。

「言わないのか？」

「もちろん言いますよ。よかったらわたしをお嫁さんにしてください」

しかし、一転、今度はあっけらかんとして言う。

「我ながら優良物件だと思うので、予約するなら今のうちですよ」

「家みたいに言うな」

「ああ、つまり聖也さんは写真だけじゃわからないこともあるから、内覧会をしたいということですね。わかりました。そういうことなら仕方がありません。今度お部屋で――」

「悪い。もう食べていいか？　腹が減った」

クロエの言葉を遮《さえぎ》って僕が真顔で言えば、クロエはくすりと笑ってから、

「そうですね。そろそろ食べましょうか」

「って、僕から喰わせろと言っておいてなんだけど……その前にひとつ。どうしてふたり分あるんだ？」

さっきから気になっていたが、テーブルの上にはふたり分の食事が並んでいる。

「せっかくだからわたしも一緒に食べようかと思いまして」

「だろうな」

聞くまでもないことだろう。

そもそも作ってもらった身だ。作ってもらうだけ作ってもらっておいて、お前の役割はここで終わり、もう帰っていいよなどと言うつもりはないし、一緒に食べるというなら断るつもりもない。

ただ、少しだけ思うのだ。

「家で親と一緒に食べないのか？」

「うちは聖也さんちほど生活リズムが合うわけではありませんから」

クロエはどこか寂しげにそう答えた。

我が家は母が定時に出社して定時に退社するような仕事をしていて、家事も疎《おろそ》かにしない完璧《かんぺき》主義者だったため、少なくとも僕と母はたいてい一緒に食事をしていた。……たまに今日みたいな日もあるが、それは仕方のないことだろう。

だが、クロエの家庭はそうでもないようだ。

前に彼女の家の事情を聞いた。クロエもまた、今の僕と同じように母子家庭らしい。父親は数年前に病気で早逝《そうせい》したとのこと。生命保険やら何やらで当面の生活費や学費の心配はないが、母親は仕事をしているようだ。どんな職に就いているか知らないが、普段からあまり一緒に食事ができないのかもしれない。

だからこそ一緒に過ごせる時間は大事にしているのだろう。僕は初めてクロエと会った日のことを思い出す。あのときの彼女は母娘で買いものにでも行っていたのか、一緒に外から帰ってきたところだった。

「まぁ、そういうことならうちで食べていけばいい」

「ありがとうございます。……じゃあ、今度こそ食べましょう」

そうしてようやく食事がはじまる。

こういうとき人と積極的に関《かか》わりをもとうとしない生ける屍は困る。適切な話題がどうにも見つからない。

「そう言えば、聖也さん、学校には慣れましたか」

挙げ句、向こうから世間話を振られる始末。

「なんだよ、その質問は。お前は僕の母親か」

「いいじゃないですか。最近は年下の女の子に甘やかされるのが流行《はや》ってるみたいですから」

そんな話、とんと聞いたことがない。

「学校は、まぁ、そこそこかな。クロエがいなくてほっとするよ」

「あ、いいんですか、そんなこと言っちゃって」

クロエは僕の憎まれ口に、小さく笑ってみせる。

「いいって何がだよ？」

「さぁ？　何でしょうね」

クロエははぐらかすように、いたずらっぽく笑うのだった。

3

翌日、クロエは遊びにこず、当然僕もそれを寂しいと思うことなく——、
そうして翌々日のことだ。

昼休み、僕は榊原、設楽とともに職員室にきていた。

別に何かやらかして呼び出されたわけではない。ちょっとした用があって担任の先生のところに行っただけだ。

その用もすぐに終わり、職員室を後にする。

廊下に出て、とっとと教室に戻ろうかと思ったとき、僕は気まぐれにきた道とは反対方向を見た。

「こっちって中等部だったっけ？」

外で待っていた榊原と設楽に聞く。

「そうだな」

「俺たちが辿《たど》ってきた道だ」

榊原が首肯する。

一方、設楽が口にした『俺たちが辿ってきた道』とは、物理的な道のことではなく、彼らが中等部からの入学組であることを言っているのだ。

この翔星館学園《しょうせいかん》は、中等部と高等部が同じ敷地内にあり——大雑把《おおざっぱ》に言うと、真ん中に職員室や事務局のある教務棟があって、その左右に中等部と高等部があると思えばいい。職員室は中等部と高等部とで分かれているわけではないので、両方の教員が混在する非常に大きな部屋となっている。

ふたりと、今ここにいない十波は、二年前までこの向こう側にいたのだ。

中等部と高等部の行き来は、特に禁止されていないと聞く。だけど、用もないのに向こう側には行かないだろうし、そうそう用ができるとも思えなかった。

僕には関係のない世界だな。さっさと教室に戻ろう。

そう思い、踵《きびす》を返して数歩歩いたときだった。

「あら、奇遇ですね、聖也さん」

「ッ⁉」

こんなところで聞くはずのない声に、僕は弾《はじ》かれたように振り返った。

そこに黒江美沙《くろえみさ》――クロエがいた。

彼女はたった今、職員室から出てきて、僕を見つけたらしい。

「こんにちは」

「待て、クロエ、何でお前がここにいる⁉」

僕はクロエの挨拶に応《こた》えることも忘れて問い返していた。

「おい、比良坂、その子と知り合いなのか？」

「あ、ああ、ちょっとな」

肩越しに聞いてくる設楽に曖昧に答える。

と、そこで周りを見てみれば、けっこうな数の生徒がこちらを注視していた。僕が大きな声を出したからだろうか。

「クロエ、ちょっとこい」

僕は彼女の手首を掴《つか》み、職員室の前にある正面玄関の教職員用下駄箱《げたばこ》のあたりまで引っ張っていった。

「どうせならもっと雰囲気のあるところにつれていってくれたらいいのに。図書室の書架の間とか」

「バカなことを言ってないで」

「どうしてここに、ですか?」

　クロエは首を傾げた後、両腕を広げてみせた。

「このかわいい制服姿を見てわかりません?　わたし、ここの中等部の生徒なんです」

「……だろうな」

　私服や見慣れない他校の制服を着ているなら兎《と》も角《かく》、登校時に少なからず目にしている中等部の制服なのだ。一目瞭然だろう。

　クロエが相手だと聞くまでもない質問が増える気がする。それは僕の理解力のなさというよりは、こちらの不意を衝くような彼女の言動や行動のせいだろう。

「この前、学校にはわたしがいなくて寂しいと、聖也さんが言ってたから――」

「言ってない」

「そうでしたっけ?」

　白々しいまでにいい笑顔を見せるクロエ。

「てっきりそうだとばかり思っていたので、昨日、聖也さんに会いにいこうと考えていたのですが――」

「越境しようとするな」

ダメではないらしいが。

「今日も聖也さんが寂しがっているかと思うと気が気でなかったのですが——こうして会えてよかったです」

「……」

偶然会わなかったら教室に乗り込んできていたかもしれないな。

「どうして言わなかったんだ、中等部に通ってるって。僕がここの高等部にいるのは知ってただろうに」

何度も僕の制服姿を見ているので知らなかったはずはない。

「聖也さんをびっくりさせようと思って温めていました」

「ひどい話だな……」

思わず項垂《うなだ》れそうになる。

言い方はかわいいが、要するに僕を驚かせるための効果的なタイミングを窺っていたということだ。

「というわけで、これからもよろしくお願いしますね、センパイ」

クロエは普段絶対使わないような敬称を使い、年相応の笑顔を添えて、そんなことを言うのだった。

これだけ見ればまるでかわいい後輩のようだ。

「あ、でも、わたしのほうが学校には詳しいですね。何かわからないことがあればわたしに聞いてください」

小さなかわいらしい鼻を上に向け、ふふんと得意げな顔をするクロエ。……先住民で土地勘があるというだけで、どうしてここまでドヤ顔ができるのだろうか。

「ほかの人を頼られるのはちょっと癪《しゃく》です」

しかし、今度は眉間《みけん》に小さなしわを作りながら、僕をむっと睨《にら》む。かわいい後輩スタイルが台無しだが、これはこれでやはりかわいい気もする。

「では、また後で」

そうしてクロエは最後にもう一度笑ってみせてから去っていった。

『後で』ということは、今日は僕のところにくるつもりだろうな。まぁ、昨日はきていないし、ペース的にはこんなものではある。

「なぁ、今の、黒江さんだよな？」

そのクロエと入れ違いに寄ってきたのは、榊原と設楽だ。こちらの話が終わるまで待っていたらしい。

「なんだ、知ってるのか？」

「知ってるも何も有名だぞ」

と、まるで世間の常識であるかのように言ってくる設楽。

「有名？」

「俺たちが中三のときに入学してきたんだけど、本当に少し前までランドセル背負ってる小学生だったのかと思うほどかわいい、っていうか美人でさ。そりゃあもう当時はこの話題でもちきりだったたな」

「……」

まぁ、今は見ての通り文句なしの美人だ。二年前だって周りの子より頭ひとつ抜けた美少女であっただろうことは想像に難《かた》くない。

「久しぶりに見たけど、また一段と美人になってるな」

「ほんとほんと。どうかしたらうちのクラスの連中より大人っぽいんじゃねーか？」

また十波あたりに蹴られそうなことを。

「んで、そんなことも知らないくせに、お前はどこで彼女と知り合ったんだよ」

口々に感心を口にするふたりだったが、おもむろに設楽がどこか恨みがましく聞いてくる。美人で有名らしい下級生と知り合いならそんな顔にもなるか。

「家が隣なんだよ」

隠すようなことではない。むしろ隠そうとしても、これ以上当たり障りのない回答が見当たらないくらいだ。

しかし、そう言った瞬間だった。

「マジか⁉」

「今度遊びにいかせてくれっ」

「絶対にくんな」

まさかこんなに喰いついてくるとは思わなかった。たびたび遊びにくるなんて言ったらどうなることやら。

4

本日の授業がすべて終わり、終礼も終わった。

「ねぇ、比良坂、今度の球技大会どうする？　バスケとバレー」

席を立った僕に声をかけてきたのは十波だ。

「十波さん、体育委員か何かだっけ？」

聞かれた内容からふと疑問がわき、失礼にも質問に答えるよりも先に質問を投げ返してしまった。

「あ、いや、そういうわけじゃないんだけど……」

十波は言い淀《よど》む。

その様子で僕は彼女が何を言いたいか察した。要するに、やる気のない顔で学校にきては授業を受けて帰っていくだけの毎日を過ごしている僕は、お世辞にも話しかけやすい人間ではないのだ。それがひと通りグループが固まったころにやってきた転校生ともなればなおさらだろう。

だから、たぶん十波はクラス委員か体育委員の代わりに、僕に尋ねているのだ。

「バレーの補欠にでも入れといて。バスケはからっきしでさ。そっちのほうがまだマシだと思うから」

「そ、そう？」

あっさりと決めた僕に、十波は目をぱちくりさせる。

「あ、でも、ほら、今度メンバーを決める参考にするために、体育の授業でバスケとバレーを順にやるらしいから。その後でもいいわよ」

「わかったよ」

そうか。近いうちに体育でバスケがあるのか。まぁ、残り二年の高校生活で、いつかはくると思っていたけれど。たぶん体育でやる程度のバスケなら問題なくできるだろう。でも、次は手を抜かせてもらうことにする。この前のクロエとのフリースロー勝負と同じ轍《てつ》を踏めば、待っているのは球技大会のクラス代表チーム入りだ。

「じゃあ、僕はこれで」

とっとと帰るべく、僕は制鞄を手に取る。

「今日も真っ直《ます》ぐ帰るのか？」

今度は榊原だった。

「悪いね。そういう性分なんだ。いわゆる陰キャってやつ」

「お前が陰キャ？　どこがだよ」

榊原は可笑しそうに鼻で笑い飛ばす。

友だちも少なくて、クラスメイトと特に積極的に話すわけでもないなら、どう見てもその類だと思うのだがな。

「さては黒江さんが家で待ってるから、毎日急いで家に帰るんだな」

「そんなわけあるか」

僕はバカなことを言ってくる設楽をひと言で一蹴した。

もちろん、家で待ってはしないが、家の前で待ち伏せている状況は十分に予想される。昼休みの別れ際《ぎわ》での台詞《せりふ》を考えるに、今日はその可能性が特に高い。

「黒江さんって、あの黒江さん？」

クロエの名前を聞いて十波までが反応を示した。

どうやら本当に有名らしい。

「十波さんも知ってるんだ」

「まぁね」

彼女は苦笑する。

「前に一度だけ話したことがあるけど、びっくりするほどいい子よね」

なるほど。確かにあれだけスペックが高いと苦笑もれるというものか。

「ほんと、うちのクラスの女子とはえらいちがいだよな」

「ふんっ」

「痛ぇ⁉」

設楽が言わなくてもいいことをわざわざ言って、案の定、十波に蹴られた。

「その黒江さんが家で待ってるってこと？」

「だから待ってないって」

どんな人間関係を構築したら、近所に住む二歳年下の女子中学生が家で待っているという状況になるのだろうか。

「家が隣同士らしい」

「へぇ、そうなんだ」

榊原の補足説明に、十波が納得する。

「嬉しいでしょ、近所にあんなかわいい子がいて」

「別に」

ひやかすように言ってくる十波に、僕は素っ気なく答える。

「それに引きかえ、あたしの近所といったら……」

言いながら彼女が目をやったのは、うずくまって蹴られた足をさすっている設楽だった。

どうやら設楽と十波は家が近いらしい。

「はぁ……」

「ご愁傷様《しゅうしょうさま》。……じゃあ、また明日」

僕はがっくりと肩を落とす十波と、榊原、設楽に背を向け、教室を後にした。

§§§

下駄箱で靴を履き替え、外に出る。

そうして昇降口を出たとき、周囲が何となくいつもよりざわついていることに気がついた。

放課後の解放感にしても少しばかり騒がしい。

いったい何ごとだろうと思いながら校門のところまで歩を進めたところで、ようやくその原因がわかった。

「何をやってるんだ、あいつは」

思わず僕の口からそんな声をがこぼれる。

そこにクロエがいたのだ。

いったいこんなところに何をしにきたのか知らないが、何人かの男子生徒が彼女に話しかけていた。対するクロエは笑顔で応対し、時には困ったような顔で胸の前でぱたぱたと手を振ったりしている。

(僕には絶対にしないような態度だな)

あれがこの学校でも有名な黒江美沙という少女なのだろう。

なるほど。中等部にいながらにして高等部までその名を轟《とどろ》かせる美少女が門の前に立っていたら、そりゃあざわつきもする。話しかけはしないまでも、クロエを見ながら後ろ髪ひかれるようにして通りすぎていく生徒も多い。


「あ、聖也さん」


僕も通りすぎようとしたとき、クロエが僕の名前を呼んだ。

彼女も僕を見つけたらしい。話しかけていた男子生徒もこちらを見ている。それからクロエは、彼らといくつか言葉を交わすと、こちらに駆け寄ってきた。その後ろからは男子生徒たちの視線が僕に向けられている。皆一様に「誰だ、あれ」といった顔だ。

「こんなところで何をやってるんだ？」

中等部と高等部は同じ敷地内にあるが、門は別々になっている。中央の教務棟を介して校舎がつながっているので、二世帯住宅みたいなものだろう。校舎の行き来を禁じる規則がないのと同様、中等部のクロエがここにきてはいけないわけではないが、理由がないかぎりくる必要のない場所でもある。

「聖也さんを待っていました」

「僕を？」

またぞろ母に何か頼まれたのだろうか。だとしても、帰宅を待たずして慌ててここでつかまえなくてはいけないほどの理由が思い浮かばない。

「せっかく同じ学校に通ってるんですから、一緒に帰ろうと思いまして」

と、かわいらしく笑うクロエ。

「……満を持してバラしたから遠慮がなくなったって感じだな」

「まぁ、いいじゃないですか。それに『また後で』って言いましたよ？」

彼女は僕の言葉を否定《ひてい》せず、それどころか悪びれもせずウィンクまでしてみせる。

「……確かに言ったな。まさかこのタイミングだとは思わなかったけど」

「さぁ、帰りましょう」

一緒に帰ることを了承した覚えはないから、別についていかなくてもいいはず、と思ってクロエの背中を見送ろうとしたのだが、周囲から向けられる視線に実に居心地の悪い思いをする結果となった。……もちろん、「いったいどうしてこんなやつが」「彼女とどういう関係なんだよ」という無言の圧力だ。

仕方なく僕もクロエの後に続いた。

まぁ、普段の行いは兎も角として、目を惹《ひ》く美少女ではある。

「どうしたんですか、わたしのことジロジロ見て」

特に怒った様子ではなく、不思議そうに尋ねてきた。

「あ、いや、本当に中学生だったんだなと思って」

こうして学園の中等部の制服を着ているのを見ていると、さすがにいやでもクロエが未《いま》だ中学生であることを実感させられる。

「そうですよ」

クロエは心外だとばかりに少しだけ頰《ほお》をふくらませる。

「あ、でも、わたし、自慢じゃないですが、周りの子より大人っぽくてスタイルがいいから、年齢のことさえ考えなければ、あまり罪悪感は感じないと思いますよ」

「何の話だよ……」

「そんなこと女の子に言わせるんですか？　……もちろん、えっちなことをしているときですけど」

「僕も言わせるつもりはなかったけどなっ」

人を犯罪者にしないでほしい。

「クロエのこと聞いたよ。有名なんだってな」

僕は話を変えるべく別の話題を振った。

「あら、そうなんですか？」

しかし、クロエは首を傾げるだけ。

本当に自分の噂《うわさ》や評価について疎《うと》いのか、ただ単にしらばっくれているだけなのか、いまいち判じがたい反応だった。

尤《もっと》も、僕としてはどちらでもいいことだ。

「そうらしい。……というわけで、もう待ち伏せはやめてくれ」

「どうしてですか？　有名なわたしと一緒に帰れて、なかなか役得じゃないですか」

「有名だからだよ」

その事実だけで十分だ。

「クロエと一緒にいると人目を惹く。注目されるのは苦手なんだ」

毎日漫然と学校に通っているだけの、ごく普通かそれ以下の男子生徒にはなかなか酷な状況なのだ。

「わたしはてっきり慣れてるものだとばかり」

しかし、クロエはそんなことを言う。

ごく普通か、或《ある》いは、それ以下であるはずの今の僕をつかまえて。

「……どうしてそう思う？」

自然、僕の声は警戒の色を帯びる。

（クロエは知っているのか、あのことを……？）

彼女ならあり得るかもしれない。確かにあり得るかもしれないが、だけど、どうかしたらもう一年だぞ。それにあのころの僕は見る影もない。

「さて、どうしてでしょう」

しかし、クロエは笑みを浮かべてはぐらかすだけだった。

「……まぁ、いい」

僕も下手に藪《やぶ》をつつくのはやめることにする。

「兎《と》に角《かく》、もうこういうのはやめてくれ」

「そうですか。それは残念です」

クロエは口ではそう言うが、幸いにして落ち込んでいる感じはなかった。ただ、何やら考えている様子だった。

「じゃあ、こうしましょう」

やがてそう切り出してくる。

「一緒に帰るのは諦《あきら》めます。その代わり、これからわたしのことは『美沙』と呼んでください」

「何だそれは」

僕は思わず聞き返す。

「本当は最初からそう呼んでほしかったんですよ？　でも、聖也さんがいやそうだったからやめました」

「そりゃそうだろう。初対面だぞ」

尤も、目の前の少女はこちらの名前を知るとすぐに、僕を名前で呼びはじめたが。

「じゃあ、お部屋に遊びにいくようになった今ならいいですよね？　一緒に帰るのは諦めるわけですから」

「いいわけあるか」

「あれもいや、これもいや。聖也さんはわがままです」

クロエは拗《す》ねたように口を尖らせる。

「仕方がないので、こういうときはフリースロー勝負ですね」

「またかよ」

「はい、またです」

クロエは力強くうなずく。

「じゃあ、わたし、ボールを取ってきますので、聖也さんはいつものコートでアップでもして待っていてください」

彼女はそう言うと、こちらの返事も聞かず早歩きで僕から離れていくのだった。

5

「何の因果だろうな……」

僕はコートを見ながらつぶやく。

バスケをやっていたときは近くにコートがあればいいなと思っていた。なのに、この身を捧《ささ》げたバスケにそっぽを向かれ、こっちからバスケを捨てた途端にこんなものが現れて――僕は何度もここに通っている。

これは未だ僕がバスケに見捨てられていないからだろうか？　それとも逆に、いよいよもって見放された結果か。

クロエはアップして待っていろと言ったが、僕はただぼうっとコートを見つめていた。アップが必要ないとは言わないが、フリースロー勝負ならやっておくべきはシューティングだろう。だけど、肝心のボールが手もとになかった。

「お待たせしました、聖也さん」

というわけでボールの到着を待っていると、クロエの声が聞こえてきた。

振り返れば、彼女が制鞄をバスケットボールに持ち替え、歩いてくるところだった。着ているものは制服のままだ。

「つまりまた僕だけがシュートを打つわけか」

「ええ」

クロエは笑顔でそう言い、手首のスナップの利《き》いたパスでボールを寄越してきた。僕の手の中にバスケットボールがおさまる。

「それにまだこの恰好《かっこう》ですから」

彼女はあいた手で制服のスカートの裾《すそ》をつまんでみせた。

「確かに」

「わたしもやっていいですけど、今日は子どもっぽいのを穿《は》いているのでがっかりすると思いますよ?」

「で、ルールは?」

僕は発音をかぶせるようにして先を促す。

クロエはくすくす笑いながら口を開いた。

「聖也さんがシュートを決められなかったら、これからはわたしのことを『美沙』と呼んでください」

「今回は普通だな」

「そうですね」

僕はドリブルしながら軽く走り、テキトーな位置まで行くと、そのまま流れるようにジャンプシュートを打った。ボールは当たり前のようにリングを通り抜ける。

「言っとくけど、僕はフリースローなら八割強の確率で入る」

今のがフリースローなら、これだけで僕が勝っているところだ。

「いいですよ、それでも」

しかし、クロエは笑顔を崩さず、勝利条件も変えようとはしなかった。

どうも裏がありそうな気がしてならないが、ここは文字通りに受け取っておくことにする。何かゴネたとしても屁理屈《へりくつ》みたいなものだろうし、そもそもクロエがそんなことを言い出すとは思えない。

僕は何ヵ所からか合わせて十本ほどシュートを打ち、それをアップ代わりにし——ふと思いついた。

「ところで、僕が勝ったらどうするんだ？」

「あ、そう言えばそうですね。一緒に帰るのを諦めるのは前提条件ですし」

と、何やら考え出すクロエ。

程なくして、

「じゃあ、聖也さんが勝ったら、聖也さんのお部屋で水着の撮影会をしてあげます」

「はあっ⁉」

クロエの突拍子《とっぴょうし》もない提案に、僕の口から素《す》っ頓狂《とんきょう》な声が飛び出した。

「いや、お前、何を言って――」

「ちょっと恥ずかしいですけど、わがままを言っているわけですから、それくらい体を張らないといけませんよね」

彼女は顔を赤らめてそんなことを言うが、その白々しい仕草《しぐさ》に例の如《ごと》く僕をからかっているのは明々白々だった。

僕はため息を吐き――クロエも、クロエからの提案も無視することにした。

フリースローレーンに立つ。

アップは十分だ。ボールをつきながら、ゴールを睨みつける。

「聖也さん、撮影のときの水着はどんなのがいいですか？」

「……」

集中力が霧散した。

「……お前、今それを聞くか？」

「いえ、だって、八割方入るとのことでどうにも敗色濃厚ですから、今のうちに聖也さんの好みを聞いておくべきかと」

「……どうでもいいよ」

どうせ有耶無耶《うやむや》にするしな。

僕は改めてゴールに向き直る。が、そこでまたしてもクロエが声をかけてきた。

「スクール水着っていうのもちょっと色気がないですよね。じゃあ、競泳水着なんてどうでしょうか？」

「何がっ⁉」

集中力を四散させた僕は、再びクロエに振り返る。

「いえ、世の中には競泳水着というジャンルもあるそうですから、スクール水着よりはそちらのほうがいいかと思いまして」

「いったいどこの世の中の話だ……」

こいつは時々よくわからない世界の話を持ち出してくるな。

確かにスタイルのいいクロエに学校指定の水着は似合わなそうだ。いや、逆にそのアンバランスさが妙な色気が出るのかもしれない。単純に似合うか似合わないかで言えば、断然競泳水着だろう。

と、そこでようやく自分がくだらないことを考えていることに気づいた。しかも、クロエも僕が考えていることを見透かしたように、にこにこと笑っている。

僕は彼女の視線と己《おのれ》の煩悩《ぼんのう》を振り払うようにして身を翻《ひるがえ》した。ゴールへと向き直る。

「せっかくですからこれを機にビキニに挑戦するという選択肢もあると思うのですが、どうでしょうか？　少し背伸びしすぎでしょうか？」

「……好きにしろ」

僕はゴールを見たまま、なげやりに答える。

クロエは無視だ。

「わかりました。じゃあ、ビキニにしますね。……ふふっ、聖也さんのお部屋でビキニの水着を着て撮影会だなんて、考えただけでドキドキします」

クロエはやけに艶《つや》のある笑い方をする。

「撮影そっちのけで、ちがうことをすることになったらどうしましょう。最初だけでもポーズの指示という建前《たてまえ》は守ってくださいね？」

「……」

「逆にその建前さえ守れば何でもありとも言えますね。モデルはカメラマンさんの言いなりですから、どんなポーズを要求されるか楽しみ、じゃなくて、とても心配です」

無視だ、無視。

明らかにこれはクロエの妨害工作だ。

僕は彼女を無視し、リングに集中した。今はシュートを決めることだけを考える。やがて狙いが定まったと確信したところで、腰を落とすと同時にボールをかまえ、シュート──その一連の動作をリズムに乗って行う。

そうして放り投げられたボールは、
ガンッ
実に派手でみっともない音を立ててリングに弾かれたのだった。

「先日に続き、わたしの勝ちですね。では、これからわたしのことは『美沙』と呼んでくださいね？」

「……」

クロエが嬉しそうに言い、僕は深々とため息を吐いた。

「もちろん、撮影会もおあずけですよ？」

「わかってるよっ」

僕が一度でもしたいと言ったか。

§§§

翌日の朝だった。

「いってきます」

母よりもひと足先に家を出る。

「おはようございます、聖也さん」

と、そこにクロエが待ちかまえていた。

「クロエ、お前――」

「あら、わたしが諦めると言ったのは『一緒に帰る』ことですよ？」

彼女は僕が言いたいことを先回りする。

「クロエと並んで歩きたくないのが理由なんだから、『一緒に行く』ことも含まれるに決まってるだろ……」

「ああ、そうなんですね」

実に白々しい反応だ。

彼女のことだから、きっとわかっていてやっているのだろうが。

「ところで、聖也さん？」

「何だよ」

「私のことは『美沙』、ですよ」

「昨日決めましたよね？」

クロエ改め美沙は、いたずらっぽく笑いながらそう言った。

第3章 小悪魔ガールは近頃ちょっと変？

SHU-4 DE HEYA NI ASOBI NI KURU KOAKUMA GIRL HA KUBITTAKEI

1

その日も学校が終わると、いつも通り真っ直《ます》ぐ家に帰ってきた。

六月も後半に入り、いよいよ夏であることを実感する。うんざりするような暑さだ。去年まではこの暑さの中、バスケの練習で体育館の中を走り回っていたのだが、今となっては信じられない。それだけ衰えたということだろうか。

（後は朽ちていくだけ、といったところだな）

僕は思わず自嘲《じちょう》気味に苦笑する。

死体だって放っておけば腐る。それと同じだ。どうやら生ける屍《しかばね》にもまだ落ちる先があるらしい。ちょうど夏だ。腐るのもさぞかし早いことだろう。

マンションの前までくると、階段の踊り場に寄りかかって外を見ている美沙《みさ》の姿が見えた。例の如《ごと》くまた僕を待っていたのかと思ったが、どうやらそうではないようだ。じゃあ何かと聞かれると困るのだが、少なくとも未《いま》だ僕に気づいていないことは確かだ。

(考えごとか……？)

彼女は遠くの空を見ている。その顔は、僕の目には少し物憂《ものう》げに映った。

「美沙」

階段の前まできて、下から呼びかける。

と、美沙ははっと我に返り、僕の姿を見つけてにこっと笑った。

「おかえりなさい、聖也《せいや》さん」

嬉《うれ》しそうに僕の名を呼ぶ。

「何をやってるんだ、そんなところで」

「もちろん、聖也さんを待っていました」

返ってきたのは、これまたいつもの答え。

あまりそうは見えなかったのだが、今はそこに触れるのはやめておいた。表向きは大人っぽい女子中学生。しかし、裏の顔は、よく言えば天真爛漫《てんしんらんまん》、悪く言えば人をからかうのが好きな美沙だが、彼女だって考えごとをすることくらいあるだろう。

「ほら、そんなところにいないで、早く上がってきてください。中に入りましょう。今日は暑いんですから」

「はいはい。わかったよ。……やっぱりうちに上がるのな」

暑いなら自分の家で待っていればいいだろうに。

小さくため息を吐《っ》いてから階段をのぼりはじめた僕の目に最初に入ってきたのは、美沙の足だった。顔を上げると彼女は先ほどと同じように踊り場に立ち、にこにこと笑顔で僕を待っていた。

最初に見たあの沈んだ表情は何だったのだろうか。

とは言え、それを聞けるはずもなく、かと言って何かほかに投げかける言葉があるわけでもないので——結局、僕は黙って彼女の横をすり抜ける。

それに合わせて美沙も体の向きを変え、僕の後をついてきた。

§§§

「そこにいろ。僕は着替えてくるから」

僕はリビングのエアコンをつけてから、彼女にそう告げた。

「あら、お部屋には入れてくれないんですか？」

「よくよく考えれば、母さんもいないからわざわざふたりりして広くもない部屋に閉じこもる必要もないだろ」

「いいじゃないですか。お部屋でふたりっきり。ドキドキしません？」

美沙はからかうように言ってくる。

「うるさいな。僕だって着替えたいんだ」

突き放すようにそう言ってから、僕は部屋に這入《はい》った。

制鞄《せいかばん》をライティングデスクのキャスタ付きチェアの上に置き、制服から私服へと着替える。美沙がいるので服は部屋着ではなく、もう少しちゃんとしたものを選ぶ。近所になら出かけても恥ずかしくない程度のもの。

気が利《き》く美沙のことだから、きっと何か冷たい飲みものを用意してくれているだろうと思って部屋を出れば、彼女は姿勢よくソファに座り、そろえた膝《ひざ》の上に載せたスマートフォンを操作していた。

いや、そうじゃない。確かに視線は端末に落としているものの、指はまったく動いていない。じっとそれを見つめているのだ。

あの物憂げな表情で。

美沙は僕が部屋から出てきたことには気づいていないようだった。声をかけないほうがいいかと思い、そのままキッチンへと向かい、飲みものを二人分用意する。

「あ、すみません。私が用意しないといけないのに」

グラスの音に美沙がはっと我に返り、ソファから腰を浮かせた。

「いや、決してそんなことはないからな？」

「でも、それくらいしないと聖也さんにもお母様にも愛想《あいそ》を尽かされてしまいます」

「……お前は我が家でどういうポジションに居座るつもりだ」

気がついたときには美沙に乗っ取られてるんじゃないだろうな。

「いいからお前は座ってろ。ここは僕の家で、お茶菓子は僕が用意するのが当たり前なんだからさ」

やはり今日の美沙はどうにも変だ。飲みものを用意するのは彼女の仕事だというつもりはないが、いつもなら頼んでもいないのにテキパキと用意をはじめるところだろう。

それに時折見せる浮かない顔も気になるところではある。

（ま、そういう日もあるか）

とは言え、ただの近所の住人である僕が突っ込んでいい領域ではないので、今はそう納得しておくことにする。

「なぁ、美沙」

僕はオレンジジュースを注《そそ》いだグラスを両手にひとつずつ持ち、リビングへ戻った。週四で遊びにくる美沙を客扱いする気にはなれず、盆は使わない。

「はい？　なんでしょう？」

「前から聞きたかったんだけど――」

そう切り出しながらグラスのひとつを美沙の前に置く。指の間にはさんでいたストローもそばに添えた。

「ありがとうございます。……何です？　わたしのスリーサイズですか？」

美沙はかわいらしく首を傾《かし》げながら聞き返してくる。

「ちがう！」

「じゃあ、今日の下着の色ですか？」

「……聞いておしえてくれるようなものでもないだろうが」

僕もソファに腰を下ろし、グラスを呷《あお》った。自分の家なのでストローなど使わず、直接口をつける。

「聖也さんにならいいですよ？」

美沙はストローをグラスに挿《さ》しながら、けろっとそんなことを言った。

「なんなら――聞いてくれたら答えますので、本当かと聞き返してください。そしたらわたしが『嘘《うそ》だと思うんなら自分の目で確かめればいいでしょ』と、ちょっと怒ったように言いつつ、顔を赤くしながらスカートをたくし上げてみせるおまけ付きです」

「しなくていいっ」

美沙は時々やけにシチュエーションに凝ろうとする。

「じゃあ、何なんですか？」

「バスケだよ」

「バスケ？　バスケットボールですか？」

美沙はグラスを手に持ったまま首を傾げ、問う。

「そう。……やったことあるのか？」

「ええ、ありますよ。学校の部活で」

「やっぱりか」

もちろん、その答えに驚きはなかった。

「もしかしてわたしのユニフォーム姿が見たいとかですか？」

「……そんなもの見て、何が楽しいんだよ」

これでも一年前までバスケをやっていた身だ。そこそこ見慣れている。

「そうですよね。あまりえっちな感じじゃないですから。やっぱり男性ならテニスとかチアとかでしょうか。……ごめんなさい。聖也さんのためにもそちらに入っていればよかったのですが……」

「そんなことも言っていない！」

どうしてそんなくだらないことを心底申し訳なさそうに言えるのだろうか。

「そうなんですか？　じゃあ、何のために？」

「そうじゃないことが意外なように言わないでくれ。……何のためにと聞かれると困るんだけどな――話もできるし、ボールも持ってるし、未経験者の動きじゃないから、そうなんだろうなと思っただけだよ」

「でも、もうやめました」

僕の言葉に割り込むようにして、美沙がそう告げた。

「やめた?」

「はい。三年に上がるときに」

つまりこの三月までやっていたということか。

やめたのはつい最近だな。

「高校受験か?」

「聖也さん、うちは中高一貫校ですよ。試験がないわけではありませんが、普通程度の学力があれば大丈夫です」

「じゃあどうして?」

「続ける意味を見失ったから、でしょうか」

美沙はまるで自分に確認するように、そう口にした。

「……」

続ける意味。

それを見失ったのだと、美沙は言う。

まるで僕のようではないか。

いったい何なのだろうか？　黒江《くろえ》美沙がバスケを続けていた、そして、見失ってしまった意味とは。

気にはなったが――聞かなかった。

聞けなかったのだ。

僕は、僕が美沙に問うことで逆に問われることを恐れた。お前はどうなのだ、と。美沙はすでに僕がバスケをやめていることに気づいているだろう。

（もしかしたらもっと別のことにも、か……）

下手なことを聞いて、逆にそこに踏み込まれるのは避けたい。

「ま、人それぞれだしな。続ける意味も、やめる理由も」

だから、僕は予防線を張る。僕も詮索《せんさく》しないから、お前も僕のことにはかまわないでくれと。

「そうですね」

美沙は、僕と同じ気持ちだったのか、それとも僕に気を遣ったのか、そう言って――寂《さび》しげにふわりと笑った。

「……」

何だろう。やはり今日の美沙は様子がおかしい気がする。

「なぁ、美沙――」

彼女に何があったのかはわからないし、今のところ聞く気もない。でも、今は何か話したほうがいい気がして、僕は美沙に声をかける。

「はい、何でしょう、聖也さん」

しかし、彼女からは返事とともに、満面の笑みが返ってきた。

「って、何だよ、その顔。なに笑ってんだよ」

「だって、聖也さんに美沙って名前で呼ばれると……いけませんね。どうしても頬《ほお》が緩《ゆる》んでしまいます」

そう言いながら、美沙は顔に手をあてる。

「お前なぁ……」

思わず呆《あき》れる僕。

「人が心配してるっていうのに」

「心配？　何のですか？」

美沙は僕の言葉を受けて、不思議そうに首を傾げる。

「あ、いや……」

しまった。美沙があまりにも拍子《ひょうし》抜けするようなことを言うものだから、うっかり言うつもりのないことを言ってしまった。

僕は頭をガシガシとかいてから切り出す。

「さっきから何だか考え込んでるみたいだから、何かあるのかと思ったんだよ」

「ああ、そのことですか」

納得したとばかりに顔を明るくする美沙。

それからグラスを手に取り、ストローに口をつけてジュースを飲む。やけにゆっくりした動作に見えた。


「そういう作戦です」


そして、ストローから口を離すと、おもむろにそんなことを言うのだった。

「はぁ⁉」

「沈んだ顔を見せたら、聖也さんが心配してくれるかと思ったんです」

「……」

もう言葉も出なかった。

代わりに、僕の口からはため息がもれる。

「あ、怒りました？」

「もう怒る気にもならないよ。……とりあえず、もう僕はお前がどんな顔を見せても心配はしない」

僕は美沙にそうきっぱり言っておいた。

彼女はあいかわらず愛らしい笑みを浮かべている。たぶん反省はしていないだろう。

とは言え、だ――僕は見てしまった。

浮かない表情をしていることを僕が指摘したら、美沙がほんの一瞬だけはっとした顔になったのを。たぶんそんな姿を見せていたことに彼女自身無自覚で、且《か》つ、そうなる理由もちゃんとあるのだろう。

だけど、やはりそこは僕が踏み込んでいい領域ではない。

だから僕は先ほど美沙に言った通り、彼女がどんな顔を見せても干渉はしないでおこうと思う。

美沙自身が何かを口にするまでは。

だが、彼女はこの日を境に姿を見せなくなるのだった――。

2

それから数日後のこと。

体育の授業でバレーボールがあった。その結果はというと、

「比良坂《ひらさか》、お前、バレー下手だなぁ」

直後の休み時間、設楽《したら》は実にストレートな感想を僕にくれた。

「見た感じ、運動神経よさそうなのにね」

その横では十波《となみ》がそんなことを言う。こちらは設楽に乗っかって言っているわけではなく、不思議そうに首を傾げていた。

何日か前に十波が言ったように、メンバー選定の参考にするため、今日の体育は男女合同。だから、彼女も僕の醜態を見ていたのだ。

「悪かったね。見かけ倒しなんだよ」

実際、散々なものだった。

いちおう自身の名誉のために言うなら、運動能力は高いほうだと思っている。どんなスポーツをやっても、平均以上にこなせる自信があった。

だけど、今はどうしても無意識に折った右腕を庇《かば》ってしまうのだ。

例えばボールを受けるというレシーブの動きひとつとっても、折ったときの身の毛もよだつような音と激しい痛みを思い出させて、僕の体をそう動かしてしまう。片腕でレシーブをするようなものだ。そんなことをすればボールはあらぬ方向に飛んでいってしまう。

「これじゃあバレーは補欠も厳しいな。転校生として大人しく見学しとくか？」

「まぁまぁ。まだバスケのほうがあるわけだし。そっちで意外な才能を発揮するかもしれないじゃない」

勝手なことを言う設楽と十波。

バスケなら体に滲《にじ》みついている。どこにどんなふうに力がかかるのかわかっているから、バレーのように恐れることはない。今日のような無様を晒《さら》すことはないはずだが、バスケはバスケで手を抜くつもりでいる。また失望させることになるにちがいない。

「俺《おれ》にはそもそも身が入っていないように見えたけどな」

今度は榊原《さかきばら》だ。

その言葉に僕はどきっとする。

実のところ、確かに彼の言う通りだった。今日の体育、僕はお世辞にも集中できているとは言えず、そうなる理由もちゃんとあった。

美沙がここ数日、姿を見せていないのだ。

最後に会ったのはあの日——浮かない顔をたびたび見せ、それを僕が指摘すると作戦だと誤魔化《ごまか》した、あの日だ。あれ以降、美沙を見ていない。

　僕がこの地に引っ越してきてからというもの、確実に週四のペースで遊びにきていた彼女が、もう何日も待ち伏せもしていなければ、学校やその行き帰りに唐突に現れるようなこともしてこない。まぁ、後者に関してはそういう約束なのではあるが。しかし、いったいどうしたというのだろうか。

「何か心配ごとか？」

「いや、別に。何もないよ。僕にやる気が感じられないのはいつものことだろ」

　しかし、僕は榊原にそう言ってはぐらかした。所詮《しょせん》はご近所レベルの悩みごとだ。

「かもな」

　彼も苦笑する。

　僕は美沙自身が何か言ってこないかぎり、彼女がどんな顔を見せても心配するつもりはなかった。でも、さすがにいきなり姿すら見せなくなるとは予想外だった。

§§§§

　その日の夜、

「母さん、最近美沙どうしてる？」

一緒に夕食を食べながら、母に聞いてみた。

「なに、それ？　どうして母さんに聞くわけ？」

「だって、美沙とやり取りしてるんだろ？」

先日、美沙から実にフレンドリィな雰囲気のテキストチャットを見せてもらったばかりだ。

「そりゃあしてるけど、何か用事があるときだけよ？　お友達じゃないんだから」

息子の自分が言うのもなんだが——母は、仕事柄見た目を気にするのか、身だしなみもきちんとしているし、そこまでおばさんくさくはない。加えて気持ちも若いので、てっきり美沙と友達感覚でやり取りしているのかと思った。

「でも、本当、いい子よね。外で会ったら『はい』『はい、おば様』って、ハキハキと返事をするのよ」

「ふうん」

あいつ、母さんにはそんな態度なのか。僕が相手だとむだに大人っぽくて、人をからかってばかりのくせに。

「その美沙ちゃんがどうしたのよ」

母がダイニングテーブルに身を乗り出し気味にして聞いてくる。

「最近見てないなと思ってさ」

一方、僕は努めて素っ気なく答えた。

「そうなの？　毎日のように遊びにきてたのに。……聖也、何か怒らせるようなこと言ったんじゃないでしょうね」

「そんなことしてないよ……と言いたいところだけどね。正直、女の子は何で怒るかわからないから」

むしろそちらのほうが明確でいい。『原因はわからないけど怒らせた』も理由としては十分だ。だが、やはりどうしても美沙の物憂げな表情が気になって仕方がない。あれと関係しているのだろうか。

「気になるんなら行ってみればいいじゃない。お隣りなんだから」

「まぁね」

実は確かめる方法ならいくらでもある。今すぐにでも外に出て、隣の家の玄関チャイムを鳴らせばいい。こんな時間に外出しているとも思えないので、きっと美沙に会うことができるだろう。

或《あ》るいは、学校でもいい。越境して中等部に乗り込むのもひとつの手だ。尤《もっと》も、彼女が三年の何組か知らないし、職員室で黒江美沙のことを聞いてすんなり教えてもらえるかどうかも怪しくはあるが。最悪、ストーカ予備軍と見られるのがオチだ。

後は彼女のお株を奪って、家の前で待ち伏せするか。

要するに、美沙に会おうと思えば、その手段はそれなりにあるのだ。僕が実行に移すかどうかの問題だけで。

「別にいいよ。うちにくるのも飽きたんだろ」

自分で言っておいて、美沙はそんなタマじゃないと思った。

最初は僕もすぐに飽きるだろうとタカをくっていた。だけど、美沙はまったくそんな素振《そぶ》りは見せていなかった。それだけにこうしていきなり姿を見せなくなったことが不思議で仕方がない。

「まったく。うちになんてきて何が楽しいだろうな、あいつは」

「近所のお兄さんの家に遊びにきてる感覚なんじゃない？　美沙ちゃんもひとりっ子でしょ」

「……」

あいつがそんなかわいらしい考えできてるとは思えないのだが。

「聖也だって嬉しいでしょ？　美沙ちゃんみたいなかわいい妹ができて。せめていいお兄さんしてあげなさい」

残念ながら、いいお兄さんとやらを演じるには、多分に僕の側に問題があった。

そして、そうしようにも肝心の美沙がいなければどうしようもないのである。

§§§§

その翌日も、やはり美沙は遊びにこなかった。

僕は母と一緒に夕食を食べた後、意味もなく散歩に出かけた。

時計の針は午後七時前を指している。六月も下旬ならもう夏と言っていい時期。外はまだ十分に明るかった。

僕には散歩の趣味もなければ、ジョギングの習慣もない。だから、特にこれといって行くあてもなかった。そして、こういうときに足が向く先はかぎられている。

気がつけば僕は、いつものコートにきていた。

ここは美沙と初めて会った場所で、くだらなくもそれなりに真剣な理由でフリースロー勝負をした場所でもある。尤も、そんな感傷的な衝動でここにきたわけではないが。

しかし、結果的にそれは正解だったようだ。

美沙がいたのだ。

彼女がコートそばの道を、正面から歩いてくる。視線はやや落とし気味でここからでは表情は窺《うかが》えないが、何となくあの物憂げな顔をしているような気がした。足取りも、快活《かいかつ》な彼女にしては、心なしか重いように見える。

「美紗！」

僕は思わず彼女の名を呼んでいた。

美紗は僕の声を聞き、弾《はじ》かれたように顔を上げる。一瞬、驚いたような表情を見せたが、すぐにぱっと明るい笑顔になった。

「聖也さーん」

嬉しそうに手を振ってくる。

「……」

僕は言葉を失くした。

何というか、心配していたことがバカらしくなるような光景だ。

美紗は、こちらが足を速めるまでもなく、駆けてきた。

「こんなところで何をしてるんですか？」

「いや、別に……」

目の前までやってきてそう尋ねてくる美紗に、僕は言葉を曖昧《あいまい》にする。散歩と言うしかほかにないのだが、もう少しばかりもとを辿《たど》れば美紗の姿を見ていない落ち着かなさが原因だと言えないわけでもない。

「考えてみれば、会うのは久しぶりですね」

と、そこで美紗は「あ……」と何かに気づいたように小さく発音し、意地の悪そうな笑みを浮かべた。

「もしかして会えないのが寂しくて、わたしをさがしてたんですか？」

「何でだよ。こんな時間に外にいるなんて思いもしなかったよ」

むしろ何をしてるんだはこちらの台詞《せりふ》だ。

「そう言えば、黒ミサみたいな名前のやつもいたなと、いま思い出したよ」

「ひどいですね。こんなに真っ白な恰好《かっこう》をしてるのに」

美沙はかわいらしく口を尖《とが》らせる。

確かに今の彼女は白を基調とした、よそ行きの恰好をしていた。いったいどこに行っていた帰りなのだろうか。

「もちろん、下着も白ですよ？」

そう言って、やけに艶《つや》のある笑みを見せる。

「聞いてないっ」

「もう、この前おしえたじゃないですか。こういうときは『本当か？』って聞き返すって。そしたら確かめさせてあげたのに」

美沙はスカートの裾《すそ》の左右を指で摘《つま》み、広げる。

「今日はなかなかオトナっぽいやつですよ？　気になりません？」

「往来でそういうことをするんじゃない」

「はーい」

彼女はいたずらを叱《しか》られた子どものように、悪びれる様子もなく返事をする。ぱっと手を広げるようにして離すと、スカートもものとの位置に戻った。

「そうですよね。こういうのは外でやることじゃないですよね」

「……」

わかっているのだろうか、こいつは。

「そうだ。今から聖也さんのお部屋に遊びにいっていいですか？」

「今日だけは絶対にくるな」

今こられたら何をやらかすかわからない。

「ほら、とっとと帰るぞ。送ってやるから」

「あら、いいんですか？　どこかに出かける途中だったのでは？」

「いいよ。どうせあてのない散歩だから」

あまり追及してくれるなとの意味を込めて、僕はさっそくきた道を戻りはじめる。すぐに美沙もついてきた。

しばらくふたり黙って歩いてから、僕は切り出す。

「最近姿を見なかったけど、どうしてたんだ？」

「作戦です」

僕が聞くと、美沙は間髪入れず答えた。

「いかにわたしがかけがえのない存在か、聖也さんにわかってもらうために少し間をあけてみたんです」

「もういいよ、そういうのは」

前にも似たようなことを言っていた。あれは僕の心配をはぐらかすためだった。また今回もそうなのだろう。

「本当はホテルのラウンジで素敵なおじ様とお食事をしていたんです」

「だから、そういうのは――」

「本当ですよ？」

と、美沙は僕の言葉を遮《さえぎ》る。

「本当です。学校から帰って、おめかしして出かけました。約束の時間に待ち合わせ場所に行くと素敵なおじ様が待っていて、二時間ほど一緒にお食事をして帰ってきました」

「……」

何やら不穏なものを感じる話の流れだ。

「あ、そうそう。この服もかわいいって言ってくれました」

そう語る美沙の口調は、あまり楽しそうではなかった。

「なぁ、お前、何か変なことしてないだろうな？」

「変なこと？」

彼女は首を傾げる。が、すぐに何のことか察したようだった。

「ああ、安心してください。お食事だけです」

「おいっ」

「冗談です」

さすがにこれ以上聞いていられなくなったところで、美沙がまたも僕の言葉にかぶせるように言ってきた。

「もぅ、聖也さんったら、冗談に決まってるじゃないですか。もしかしてわたしが怪しげなお小遣《こづか》い稼ぎをしてると思いました？」

美沙はからかうように言って、けらけらと笑う。

冗談。

そう言われてしまえば、こちらはもう何も言えない。でも、この前や今日の『作戦』と一緒。僕にはそこに幾許《いくばく》かの真実が紛《まぎ》れ込《こ》んでいるように思えてならなかった。

「……」

「……」

ふたり黙って家路を辿る。

「ねぇ、聖也さん」

帰り道はきたときよりも暗く感じられて、ちょうど今まさに陽《ひ》が暮れようとしているのだろうか――と思っていたところに美沙が話しかけてきた。

「家族って何でしょうね」

「お前さ、僕にそんな高尚な質問をしてどうするんだよ。答えられるわけないだろ。僕は美沙とふたつしか変わらないんだぞ」

それに明らかに相談相手をまちがえている。何せうちは両親が離婚しているのだから。基本的な核家族モデルすら維持できなかった構成員に聞くことではない。

引き鉄《がね》を引いたのは誰《だれ》だったのだろうか。父か母か。

（或いは、僕だったのかもしれないな……）

僕があんなことをしなければ、あんなことにならなければ、僕たちはまだ家族だったのかもしれない。でも、それは冷え切った関係のまま辛《かろ》うじて家族という構造を保っているだけで、果たして幸せと言えるかどうか。

今このとき、家族とは何かという疑問を抱いていたのは僕だったのかもしれない。

「ところで、聖也さん」

「何だよ」

美沙の『ところで』という接続詞からして、家族についてはもういいのだろうか。

「彼女さんはできました？」

「できるわけないだろ。まだこっちにきて一ヶ月もたってないんだぞ」

作る気もないが。

「なに？　僕に彼女がいなかったら美沙がなってくれるのか？」

「そうですね。清く正しいおつき合いではなくて、えっちなこと目当てなら考えてあげてもいいです」

「……」

「あ、考えてます？　やっぱり今からお部屋に遊びにいったほうがいいでしょうか」

「ちがうっ。お前がとんでもないことを言い出すから呆れてんだよ。絶対にくんな」

と言い返すものの、美沙は生暖かい目を向けて、密《ひそ》やかに笑うだけ。誤解とは言え、軽蔑《けいべつ》の眼差《まなざ》しよりはいくらかましか。

「じゃあ、ここにくる前にはいたんですか？」

彼女はさらに問いを重ねる。

「……」

「聖也さん、聞いてますよ。答えましょうね？」

「お前、何でそんな上から目線なんだよ。……バカ正直に答えなきゃいけない理由はないと思うけど――いたよ。でも、引っ越す前に別れた」

ここで注目すべきポイントは『引っ越すときに』ではなくて、『引っ越す前に』というところだろう。

つまり引っ越すときにはもう終わっていたのだ。僕に魅力がなくなったからとか、僕というブランドが無価値になったからとか、そういう理由で。

「あ、やっぱりいたんですね。バスケをやっていたときの聖也さん、すっごくカッコよかったですから」

「……」

文章の添削《てんさく》をしよう。

僕は過去三回ほど、美沙の前で簡単なプレイを披露した。……三回目は彼女の悪辣《あくらつ》な精神攻撃を受けて無残なものだったが。それらを見た美沙が感銘を受けたのなら、『バスケをやっているときの聖也さん、カッコいいですから』となるはずだ。だが、彼女は『バスケをやっていたときの聖也さん、カッコよかったですから』と言った。

だから、僕は確信する。

やはり黒江美沙は……、と。

そんなこんなを話したり考えたりしているうちに、僕と美沙が住んでいるマンションが見えてきた。僕たちは一度階段の前で立ち止まる。

「送ってくださって、ありがとうございました」

「いいよ、そんなもの。同じところに住んでるんだから」

わざわざ遠回りしたわけでもなし。

「でも、散歩を切り上げて送ってくれました」

そう言えば、そんなこともやっていたな。

と、そこで美沙はぱっと両手を広げた。

「なんだ、それは」

「お別れに、ぎゅっとしてください」

「するか、そんなことっ」

僕が慌《あわ》てて言い返すと、美沙はまるでいたずらが成功した子どものように笑った。やはり例の如くからかっていたようだ。

「じゃあ、また遊びにいきますね」

「はいはい、わかったよ」

僕の渋々といった返事に、なぜか美沙は満足げな笑みを見せた後、ひと足先に階段を上がっていく。

彼女の家の玄関ドアが開き、そして、再び閉まる音を聞いてから、僕もようやく階段をのぼりはじめた。

3

美沙がまたいつものペースで遊びにくるようになり――その翌週の中ごろ、ついに体育の授業でバスケがあった。

「また小南《こみなみ》の独壇場《どくだんじょう》なんだろうなぁ」

準備体操をしながら、設楽が諦《あきら》めたような声を上げる。

「ほかにもバスケ経験者がいるっちゃあいるんだけど、あいつにはぜんぜん歯が立たないんだよなぁ」

「仕方がない。小南は中学のときはバスケ部で、しかも、スタメンだったらしいからな」

同じくストレッチをしながら、榊原。

このふたりはアスリートで準備運動の重要性をよく知っているから、そのやり方も念が入っている。

「人それぞれ得意分野があるってことだよ」

これは僕だ。

「榊原と設楽だってサッカーじゃそうだろ？」

「おうよ。そんときゃ見てろよ。この俺の針の穴を通すような正確無比なパスと、榊原の弾丸シュートを。ゴールデンコンビだ」

設楽が高らかに宣言する。

意外だ。落ち着いた感じの榊原と、賑《にぎ》やかな設楽。そのイメージとは正反対のプレイスタイルらしい。

今日の授業は、近々行われる球技大会のメンバー選定の参考にすることもあって、ひたすらゲーム形式の試合を繰り返すものだった。

五人でチームを組み、対戦。先に五本を先取したほうが勝ち残り、負けた側は次のチームと交代する、という流れだ。

基本的に素人《しろうと》が大半のため、ボールに群がるような無様なものだった。

ただ、唯一小南のチームだけは、素人だらけながら彼が何らかの作戦を与えたのか、統制がとれていた。

ディフェンスはマン・ツー・マン。点を取られるかボールを奪うかしたら、まずは一度小南に渡し、全員フロントコート——敵陣側に駆け上がる。小南はそれを見ながらボールを運ぶ、といった具合だ。

そんな一匹の狼《おおかみ》が率いる羊の群れは順当に勝ち残り続け、やがて僕たちのチームとの対戦になった。

そもそもそんなつもりはないのだが、まったく僕の活躍の場がないままゲームは進み、初めてボールが回ってきたときには、もう三本取られた後だった。

「ヘイヘイ、こっちこっち」

設楽は派手にアピールしているが、しっかりマークされている。そんなところにパスを出せるはずがない。その一方で、設楽を隠れ蓑《みの》にするかたちで榊原がこっそりディフェンスをかわし、ゴールに走っていた。

僕は視線だけでフェイクを入れ、マークしていたやつがそれに引っかかったところで榊原にパスを回す。

ボールを受け取った彼は、これまでの授業で身につけたのであろう基本に忠実なレイアップシュートを辛うじて決めた。

「ナイスパス。すごいな。正確で驚いた」

「マグレだよ」

榊原がバックコート——自陣側に戻りながら声をかけてくる。その向こうでは小南が訝《いぶか》しげに僕を睨《にら》んでいた。

次はディフェンスだ。

しかし、統制のとれた動きをする小南のチームに、瞬《また》く間に点を取られてしまった。これで四本目。

攻守を交代すると、先ほどのパスによって期待がふくらんだのか、榊原がすぐさま僕にボールを回してきた。

さて、もう後がないわけだが、このまま終わるのも癪《しゃく》だな。

小南のチームはハーフコートのマン・ツー・マンなので、自軍コートまで下がっている僕はゆっくり歩くようにしてボールを運んだ。センターラインを越えると間もなくマッチアップしている敵プレイヤがプレッシャをかけてくる。

僕はドリブルで抜く——と見せかけて急停止。その動きに素人ではついてこれず、足をもつれさせて尻《しり》もちをついてしまった。フリーになった僕は悠々《ゆうゆう》と狙《ねら》いをつけてジャンプシュート。ボールは当然のようにリングをくぐり抜けた。

スリーポイントラインよりも外側なので通常なら三点なのだが、五本先取で勝ちという雑なルールのため、これも一本としかカウントされない。スリーポイントだろうがフリースローだろうが関係ないのだ。

「なんだ、あれ⁉」

「すっげぇ……」

「プロだ、プロ！」

そして、どよめき。

プロ、か。そんなものを本気で目指していたこともあったな。今や夢破れた後だし、そもそも身の程知らずが見た無謀な夢だったにちがいない。

これで一矢報いただろうか。後は最後の一本を取られて終わりだろう――と思っていたら、敵がシュートを外した上、設楽がリバウンドで競り勝ってしまい、再び攻撃のチャンスが回ってきたのだった。

「もう一本いこうぜ」

設楽が僕にパスを送ってくる。

僕がボールを持った瞬間、ギャラリィがわっと沸いた。どうやらまだ終わらせてくれないらしい。

そして、もうひとり、このままでは終われないのがいた。

小南だ。

チームメイトが決められた通りバックコートまで下がる中、彼だけは上がってきた。目指すはボールを持つ僕だ。もはや僕は油断ならぬと、オールコートでプレッシャをかけるつもりなのだろう。

その結果、

「小南と比良坂の一対一だ！」

再び外野が盛り上がる。

「比良坂、お前、バスケやったことあるんだな」

「前にちょっとね」

どんな動きにも対処できるよう、僕の正面で腰を落としてかまえる小南。

（やや近いな。つまりは……）

そのピリピリするような心地よい緊張感に、僕の闘争心が鎌首《かまくび》をもたげる。その高揚感《こうようかん》は一本かぎりのフリースロー勝負すら比ではなかった。

気がつけば、僕も油断なく本気でボールをキープしていた。

先ほどまで騒いでいたクラスメイトたちは、僕らの勝負の行方《ゆくえ》を固唾《かたず》を呑《の》んで見守っている。

背が高いほうではない小南の中学のときのポジションは、当然のようにガード。一方、平均よりも少し高かった僕はフォワードだった。ミスマッチではあるが、彼は自分しか僕を止められないと判断したのだ。

このとき、僕たちには暗黙の了解があった。

このゲームでは時間関係のバイオレーションを一切《いっさい》取っていない。三秒、五秒、八秒といったルールを説明しても、ただ単にプレイが委縮するだけだからだろう。そもそも覚えきれるとも思えない。

だが、今、僕と小南の間にはそれがあった。

彼の目がそのつもりでやれと言っている。オールコートで、しかも、やや近い位置でプレッシャをかけてきているのがその証拠だ。僕はまず、このボールを八秒以内にフロントコートへ運ばなくてはいけないし、小南はそれを阻止しようとしている。

僕はコート全体を見渡した。

言っては悪いが、敵も味方も全員素人だ。小南のチームは彼の作戦のおかげで、ディフェンスのときはどうするか、ボールを奪った後はどう動くか——そこはよく統制がとれている。よくやっているだろう。だが、ひとりひとりはたいしたプレイができていない。こちらの榊原と設楽は、同じサッカー仲間だっただけあってうまく連携することもあるが、正直あてにはできない。

奇《く》しくも誰かが言ったように、実質これは僕と小南の一対一であり、

そして、残念ながら僕を止めるには、彼では少しばかり力不足だった。

おそらく勝負は一瞬。

僕は二度ほどドリブルで突破を試みるが、そのどちらも止められた——ように見せかけた。そして、攻めあぐねた感じで一度後ろに下がる。と、小南がここぞとばかりに距離を詰めてきた。さらに押し返すつもりなのだ。

——ここが勝負の瞬間だった。

僕は狙って彼の股の下にボールを通した。

「あっ」

そして、小さく声を上げる小南の裏に素早く回り込んでボールを手繰り寄せると、そのままドリブルでゴールを目指す。敵も味方も手が出せず、むしろ道を開けた。

「ちっ」

すぐ後ろで小南の舌打ちが聞こえた。追いすがってきているのだ。

彼は足が速い。一瞬の隙《すき》を突いてゴールに切り込む瞬発力と、その好機を見逃さない勝負勘をもった典型的で理想的なシューティングガードだ。おそらく僕がゴール下に辿り着くまでに、もう一度回り込まれるにちがいない。

僕はスリーポイントライン付近でボールを放り投げた。ボールはバックボードに当たって跳《は》ね返り――僕はそれに向かって地を蹴《け》る。当然、小南も跳《と》んだ。しかし、上背とジャンプ力では僕のほうが優《まさ》っている。そして、ボールが跳ね返る軌道は投げた僕がいちばんよくわかっていた。

僕は、小南が伸ばした手よりもさらに高い位置でボールを弾き、それをリングに放り込んだ。

しばしの静寂。

その後、先ほど僕がスリーポイントシュートを決めたとき以上に、体育館内が歓声に包まれたのだった。

4

その日の昼休み、
榊原、設楽、十波の三人が僕の席に集まっていた。

「いやぁ、痛快痛快。一年のときからバスケとなると大きな顔をしていた小南がコテンパンだもんな」

設楽が愉快そうに笑う。内容が内容だけに、声は抑え気味だが。

「設楽、お前、性格悪いぞ。小南が負けたことに喜ぶんじゃなくて、その小南に勝った比良坂を褒《ほ》めろよ」

「おっと、悪い」

榊原に咎《とが》められ、設楽は肩をすくめる。

「でも、すげぇよな、比良坂。何であんなことできちゃうわけ？」

「ほんと、すごいわぁ。……なぁにが『バスケはからっきし』よ」

設楽に続いてそう言ったのは十波だ。こちらは設楽とは正反対に不機嫌で、言い方が実に嫌味ったらしい。

今日の体育は、先日のバレーと同じで男女合同だった。体育館の半分では女子が同じようにバスケをやっていて、彼女も、それどころか女子全員が僕のプレイを見ていたのだ。そして、前に十波に球技の経験を問われたとき、僕はこれといって得意なものはないと答えている。そのことを根に持っているのだろう。

十波は眉間《みけん》にしわを寄せ、目力抜群の視線をこちらに向けてきた。

「……球技大会、バスケで出てもらうからね」

「いや、僕は――」

「刀祢《とね》聖也！」

十波に睨まれながらも断ろうとしていたところに、教室中に響き渡るくらいの声が耳に飛び込んできた。

顔を上げると、ざわつく教室を横切ってこちらに歩いてくる小南の姿があった。

彼は、歩調も荒く僕の席までくると、机の上に一冊の雑誌を叩《たた》きつける。

それはかなり傷んでいて、表紙には『翔星館《しょうせいかん》学園図書室』の文字が入ったバーコードが貼《は》られている。どうやら図書室で見つけてきたらしい。

雑誌のタイトルは『月刊篭球《ろうきゅう》』。

何かと横文字を使いたがる昨今、その流行に逆行するように漢字のみで構成された雑誌名は、書道家が書いたような趣のあるものだった。

バスケットボールの専門誌だ。

しかも、忘れもしない去年の初夏に刊行された七月号。まるで捨てたはずのものが過去から追いかけてきたような気分だ。うんざりしてため息を吐きたくなった。

「これが？」

そんな気持ちを抑えて、僕はあえて小南に尋ねる。

と、彼は再び雑誌を取り上げ、とあるページを開いて僕に突きつけてきた。

「これ、お前だよな？」

「……」

そこには『今年期待の高校生プレイヤー』の題名とテーマで組まれた特集記事が掲載されていた。

「え、これって……」

「マジ⁉」

このときにはもう教室内にいた生徒が全員、野次馬《やじうま》となって集まってきていて――僕や小南の後ろからその記事を覗《のぞ》き見て、驚きの声を上げる。

そう。そこには在りし日の僕の姿があった。それもあろうことか数ページにわたる記事の冒頭、最注目のプレイヤとしてでかでかと。短いインタビューまで載っている。

（在りし日か。我ながら言い得て妙だな）

僕は自嘲する。

今の僕は自分のすべてだったものを失い、毎日をただ無為に過ごしているだけの生ける屍だ。ならば、そうなる前を在りし日と表現するのは実に正しい。

「でも、刀祢って……」

「両親が離婚してね、苗字《みょうじ》が変わったんだ」

誰かが口にした疑問に僕は答える。

ついこの間まで僕は『刀祢聖也』だった。雑誌の記事にもそう書かれている。だけど両親が離婚し、母についていったことで『比良坂聖也』となった。

気まずい空気が流れる。僕が転校してきた理由がそこにあると推測したやつも多かったことだろう。

「それで？　確かにそれは僕だ」

「やっぱりな。名前もちがってるし、顔もまるで別人だったから思い出すのに時間がかかった」

そうして思い出した小南は、図書室でこれを借りてきたわけか。

そこで彼は深呼吸をひとつ。

「でも、お前は消えた！　高校バスケから！」

小南は怒っていた。僕の名を呼んだときから。いや、もっと言えば、午前中の体育の授業のときからすでに怒っている。

当然だ。なぜなら先のゲームで僕は、小南との一対一に勝った後はチームメイトにパスを回すだけで、積極的に動こうとしなかったからだ。彼は個人技で負けたことより、そんな僕の舐《な》めきったプレイに怒っているのだ。

「バスケはやめたんだ」

「どうしてだよ⁉　プロを目指すんじゃなかったのかよ⁉　いつかＮＢＡにいくんじゃなかったのかよ⁉」

プロになる。ＮＢＡにいく。どちらも先ほどの特集記事のインタビューの中で僕が口にしたことだった。今となっては、よくもまぁそんな大それたことを恥ずかしげもなく言えたなという気持ちだが。

それはさておき、だ。

「どうして？　どうしてだって⁉　冗談じゃない。何で僕がそんなことをお前に答えなくちゃいけない⁉　僕の心の傷なのに！」

気がつけば、僕は声を荒らげてしまっていた。

教室内が静まり返る。まさか普段死人のような僕がこんな大きな声を出すとは思ってもみなかったのだろう。

そんな中で最初に動いたのは小南だった。

「ちっ」

彼は持っていた雑誌を机の上に叩きつけると踵《きびす》を返し、野次馬を突き飛ばすようにして去っていった。

「はいはい、みんなも解散解散」

それを合図に十波が集まっていたクラスメイトたちを追い払う。

残ったのは僕を含めて最初からいた四人と、机の上の『月刊篭球』だけ。これは僕が返しにいかなくてはいけないのだろうか。

「熱いな」

「悪い」

苦笑する榊原に僕は謝る。

僕だって触れられたくない部分に土足で踏み込まれ、無遠慮に探られたら怒りもする。

「しっかし、まぁ、自他ともに認める生ける屍がねぇ」

設楽は置き去りにされた雑誌を手に取ると、例の特集記事を見て感心したような声を上げた。

「顔つきがまったくの別人だな」

「ほんとにねぇ」

横から十波も覗き込み、同調する。

「自分で言うのも何だけど、そのころはやる気に満ちていたからね」

「えっと、なになに……『中学のときチームを優勝に導き、高校では名門校に入学した刀祢君は、注目度ナンバー・ワン。さっそく夏の大会での活躍が期待される』」

「『もちろんプロを目指すし、いつかはＮＢＡにいきますよ』、か」

もちろん記事の解説文と僕がインタビューで吐いた大言壮語《たいげんそうご》だが、本人を目の前にして読み上げるものではない。

「やめたのか？」

「まぁね。バスケの神様に見捨てられたんだ」

「そうか」

聞いてきた榊原は、僕の返事にそう短く言っただけだった。

「もったいないことをする神様もいたものだな」

「今ごろ後悔してるんじゃないか」

僕は苦笑しながら答えた。

5

言うまでもなく、今日も授業が終われば真っ直ぐに帰る。

昼休み、あまりよくない方向にクラスを騒がせたせいか、榊原たちとすら言葉を交わさず、終礼が終わるといちばんに教室を出てきた。

昇降口の下駄箱《げたばこ》で靴を履《は》き替え、外へ。そうして校門を出て、道路沿いの歩道を歩いているときだった。

「比良坂くんっ」

聴き慣れない声。

振り返ると女の子がふたり走ってくるところだった。教室の中で見たことがあるので、たぶんクラスメイトだ。当然、話したことはない。

彼女たちは立ち止まった僕に追いつくと、ひとりが意を決した調子でそう言った。

「また明日ねっ」

「あ、うん。また明日」

思わず圧倒されながら返事をすると、彼女たちは逃げるように去っていった。

僕が呆気《あっけ》にとられて見送る中、「話しかけちゃったー！」とキャーキャー騒いで、じゃれ合いながら走っていく。

「……」

いったい何だったのだろう？

それから少し歩くと、また声をかけられた。やはりクラスの女子で、今度は三人組。もちろん、話すのはこれが初めてだ。

「今日の体育、見てたよー」

「すごいカッコよかった！」

「あと、これも見た！」

そう言ってひとりが見せてきたのは、あの『月刊篭球』だった。確か設楽が小南に返しにいったはずだが、廻り廻って彼女の手に渡ったらしい。たぶん又貸《またが》しということになるはずだが、いいのだろうか。

「比良坂くん、すごい選手だったんだね」

「……昔の話だよ」

やっと言葉を発することができた。

「ねえねえ、今度の球技大会、バスケで出るよね？」

「どうだろう。考えておくよ」

僕はそう心にもない返事をした。

§§§

「疲れた……」

家に帰って制服のままソファに崩れ落ちるようにして座った僕の口からは、ため息とともにそんな言葉がもれた。

小南とひと悶着《もんちゃく》、それから普段話したことのない女子に声をかけられて——振り返ればそれだけのことなのに、妙に消耗していた。

「って、こんなことしてる場合じゃないな」

僕は疲れている体に鞭《むち》を入れて、ソファから立ち上がった。

部屋に這入り、着替える。

今日はたぶん美沙が遊びにくるはずだ。これまでほぼ週四のペースを維持していることを考えれば、そう予想できた。

「遅いな、あいつ……」

家に帰ってきてから三十分後、僕はリビングの壁掛け時計を見ながらつぶやいていた。

未だ美沙は顔を出さない。

今日はこないのだろうか。それなら別にいい。くるだろうと思って何もせずにぼうっと待っていた僕がバカみたいというだけですむ。

思い出されるのはこの間の出来事だ。

美沙らしからぬ沈んだ顔を見せたかと思うと、しばらく姿を見なくなり、ある日よそ行きの恰好をして遅い時間に出かけていた——。

彼女はあれを作戦だ、冗談だとはぐらかした。だけど、僕はあのおどけた態度の中にいくらか真実が含まれているような気がしてならないのだ。

（今日もまた……？）

一度それとなく話を聞いたほうがいいのだろうか——と、思っていたところに玄関チャイムが鳴った。

「やっとかよ」

僕は立ち上がり、リビングの壁のインターフォンを手に取る。

「はい」

『あ、美沙です』

いつもと変わらない明るい調子の声。……やはり美沙だった。

「いま開けるよ」

努めてフラットに言って、僕はインターフォンを置いた。そうしてから玄関へと回り、ドアを開ける。

そこに美沙がいた。当たり前だ。

ただ、今の彼女はちょっとそこまで遊びにいくようなラフなスタイルではなく、いつぞやと同じくらいのよそ行きの恰好をしていた。

「こんにちは、聖也さん。遊びにきました」

「……見たらわかるよ」

僕が少々面喰《めんく》らいながら答えると、美沙はそれをいつものぶっきらぼうな態度ととらえたのか、小さく笑った。

「お邪魔しまーす」

彼女は僕の横をすり抜けると、遠慮なく家に上がり込む。わざわざ買って置いていったマイスリッパを履いて歩いていく美沙。僕は玄関のドアを閉めた後、その後ろを追いかけた。

リビングに這入ると、美沙はぽすんとソファにおさまった。

「今日は遅かったな」

一方、僕はキッチンで飲みものの用意をはじめる。

「三十分くらい前に帰ってきたのですが、服を選ぶのに時間がかかってしまいました」

「そうか」

その時間なら僕と同じくらいだろうか。案外帰り道、近くを歩いていたかもしれないな。

「その服――」

僕は手早くキューピッド――カルピスのコーラ割りを作ると、グラスふたつを手にリビングに戻る。

「今からまたどこかに出かけるのか?」

「ありがとうございます。……いいえ、特にそんな予定はありませんよ？」

僕がグラスを美沙の前に置こうとすると、彼女が手を伸ばしてきて直接それを受け取った。そのままそっとテーブルの上に置く。

「じゃあ、どうして？」

どうやら『素敵なおじ様とお食事』の約束はないらしい。内心ほっとする。……まぁ、尤も、あれが本当の話かどうかはわからないのだが。

僕もソファに腰を下ろし、グラスを呷った。

「もちろん、たまにはおめかししたわたしを聖也さんに見てもらおうと思ったんです。かわいらしくも大人っぽい感じにまとめてみました。下着もなかなかですよ。……見ます？」

「ッ⁉」

こともあろうに美沙は、自らスカートの裾を手前に引き寄せてみせた。

キューピッドを飲みかけている最中に、不意打ちのようにそんなことをしてきたものだから、派手に咽《むせ》てしまった。

「お前なぁ、見えたらどうするんだ」

「大丈夫です。ちゃんと計算してやってますから。練習もしましたし」

くだらない練習を。

少しばかり警戒しながら美沙へ向き直ると、彼女は居住まいを正して、何ごともなかったかのようにストローを袋から出していた。相変わらず姿勢がいい。

「それに見えたってかまいませんよ？　減るものじゃないんですから」

「そういうのは男が言う台詞だ」

言ったら男として最後みたいな台詞だが。

「あ、いいですね。『減るもんじゃないんだから少しくらいいいだろ』なんて、聖也さんに言われてみたいです。そしたらわたし、『もう。……じゃあ、少しだけですからね』って、赤い顔をしながらさっきと同じことしちゃいそうです。もちろん、ちゃんと見えるところまで引っ張ります」

「絶対に言うかっ」

僕はやけくそ気味に、改めてグラスを呷った。

「前にも言いましたけど──わたし、自慢じゃないですが、大人っぽくてスタイルがよくて、ちょっとえっちなので──」

「待て。キャッチコピーがひとつ増えてる。まさかそこにも『自慢じゃないが』がかかってるのか？」

「ええ、かかってますよ。自慢じゃありませんが大人っぽくて、自慢じゃありませんがスタイルがよくて、自慢じゃありませんがこう見えて同じ学年の子よりえっちです。なので、大人っぽい服も似合いますし、聖也さんの周りの女の人にもそんなに負けてないと思います」

「お前は何に対抗しようとしてるんだ。……僕には美沙が何を考えてるかわからないよ」

「でしょうね。わたしも同感です。聖也さんにはわからないと思います」

美沙はつんと澄ましてそう言うと、ストローに口をつけた。気のせいだろうか。その姿はどこか怒っているようにも見えた。

「……」

本当に今日の彼女は何を考えているかわからなかった。

第4章 小悪魔ガールはデートがしたい

SHU-4 DE HEYA NI ASOBI NI KURU KOAKUMA GIRL HA KUBITTAKEI

1

翌日の朝、僕が教室に入った瞬間、場の空気が変わった。

表現するなら、戸惑い。

たぶん昨日、僕が大きな声を出したからだろう。もしかしたらもう少し遡《さかのぼ》って、生ける屍《しかばね》の如《ごと》き転校生がかつては雑誌に載るようなバスケのプレイヤだったことも理由のひとつかもしれない。

横目で見るような視線を感じつつ、教室を横切って自分の席に向かう。そうしてイスに腰を下ろしたときだった。

「刀祢《とね》!」

今はもう使っていない名前を呼ばれた。

声の主は、教壇のほうから歩いてくる小南《こみなみ》だった。

彼は家から持ってきたのであろうバスケットボールをこちらに放り投げ――僕はそれを受け止めた。

「僕は比良坂《ひらさか》だよ」

たいして気にしているわけでもないことを訂正する。むしろ生まれてからつい一ヶ月ほど前までの十七年近くずっと使っていた姓なので、今の比良坂よりも馴染《なじ》みがあるくらいだ。

僕は受け取ったボールを指先で回した。周りから「おおー、すげー」と、かすかに歓声が上がる。

「俺《おれ》にとっては刀祢だ。刀祢、俺と勝負しろよ」

「昨日言っただろ。バスケはもうやめたって」

「なん――」

小南は咄嗟《とっさ》に問い返しかけたのだろう。なぜやめたのか、と。だが、すぐにそれは禁句だと思い出し、言葉を飲み込んだ。

「俺も、高校に上がってからもバスケを続けたかった。だけど、背が伸びなかったせいで諦《あきら》めるしかなかった」

代わりに、そう静かに吐露する。

バスケットボールにおいて身長は不可欠だ。中学までなら多少小柄でも技量でカバーできる。実際、彼がそうだった。だが、高校バスケではそうはいかない。スピードとテクニックで補おうとするなら、かなりのものを持っていないとむりだろう。それこそ日本人初のNBAプレイヤのように。

「お前も大柄なほうじゃないけど、デカいやつらと渡り合えるだけのテクニックがあった。才能があった。センスがあった」

自分で言うのも何だけど、僕の武器はまさしくそこだった。

僕はバスケのプレイヤとしては決して背が高いほうではない。当然、ゴール下のリバウンドで競り勝てるだけの体格もなければ、その代わりになるようなすべてを置いてけぼりにするスピードもない。それでもバスケの専門誌に注目のプレイヤとして特集記事の筆頭に取り上げられるまでになったのは、ひとえに『技』を磨《みが》いたからだ。

昨日小南を相手に見せた一対一での強さ。ディフェンダをすり抜けるゴール下へのペネトレイト。得意レンジにおける高い得点力。広い視野を持つことで繰り出される的確なパス――それらが刀祢聖也《せいや》というプレイヤの武器だった。

「去年のあの記事を読んだとき、刀祢は本当にプロになるんだろうなと思ったよ。俺を含めてお前と戦ったことのあるやつはみんな、お前と同じときに生まれたことを呪《のろ》いながら、どこか誇らしかった」

「……」

それは僕が聞いたことのない同世代の気持ちだった。彼の言葉をすべての人間に当てはめるのは乱暴だろうが、少なくとも小南はそんなふうに思ってくれていたらしい。素直に嬉《うれ》しいと思う。

「それなのにバスケをやめただって⁉　ふざけるな。何があったか知らないが、それだけの才能があるのに何で続けないいんだよ⁉」

「……」

「ああ、もういいよ。どうだっていい」

僕が何も答えず黙っていると、彼は投げやりに言った。

「兎《と》に角《かく》、俺ともう一度ちゃんと勝負しろ。昨日はお前が刀祢だと思ってなくて油断していた。今度こそ本気でやる」

小南が怒るのもむりはない。彼は自分ではどうしようもない理由でバスケを諦めざるを得なかった。その彼からすれば、僕は才能があるにも拘《かかわ》らずすべてを投げ出したように見えるのだろう。

「悪いね。ほかを当たってくれ。もうやりたくないんだ」

言葉とともにボールを投げ返す。

しかし、どんなに怒りをぶつけられたとしても、僕はもう小南の期待には応《こた》えることはできない。彼には申し訳ないが。

「ッ⁉　じゃあ、昨日のは何だったんだよ⁉　あれは俺との——」

「ただの気まぐれだよ」

僕は彼の言葉にかぶせて、きっぱりと言い切った。

「やめたとは言え、負けるのは癪だったたんだ」

「お前っ⁉」

「やめろ、小南！」

怒りのあまり僕に飛びかかりそうになった小南を、そばにいた別のクラスメイトが体を張って制する。

「比良坂も比良坂だ。何で小南の相手をしてやらないんだよ。それとも何か。プロを目指してた男は、素人の勝負なんて受けてられないってか」

その言い方には敵意が含まれていた。

思い出した。そう言えば彼は昨日、小南のチームに所属していた。一緒に組むくらいだから仲がいいのだろう。喧嘩沙汰《けんかざた》になりそうだから止めに入ったものの、基本的には小南の味方のようだ。

「ま、そんなところ」

僕がそう言うと、彼はため息を吐《つ》いた。

「おーおー、すごいすごい。さすが雑誌に載るような選手様だ。……行こうぜ、小南。小南ももうこんなやつの相手なんかするなよ」

そして、小南を促し、離れていく。

ほかのクラスメイトも同じだ。皆、呆《あき》れた様子で僕に背を向けた。きっとこれからは総スカンだろうな――そう思っていたときだった。

ばしん

頭を叩《たた》かれる。

見上げると十波《となみ》が立っていた。

「言い方」

と、まずはひと言。

「本当はそんなこと思ってないんでしょ？　小南と勝負ができないならできないで、その理由をちゃんと言ったら？」

そして、諭《さと》すように続けた。

「思ってるよ。何でかつてはプロを目指していた僕が、素人の勝負なんか受けなきゃいけないのかってね」

「真島《まじま》の言葉をまんまなぞりながら何を言ってんだか」

十波は呆れたように肩をすくめる。

先ほどの彼は真島というのか。

「あっそ。女のあたしには言えないってわけね。それならそれで別にいいけど、あいつらにはちゃんと言っときなさいよ」

「あいつら？」

「いつものふたり。榊原《さかきばら》と設楽《したら》」

僕が問えば、そんな答えが返ってきた。

「設楽は見たらわかると思うけど、榊原もあんな顔してバカだからちゃんと説明されないとわからないタイプよ」

さらっと設楽がひどいことを言われているな。

バカだから説明されないとわからない、か。つまり説明しなければ僕はこのまま傲慢《ごうまん》なやつとしてそっぽを向かれるというわけだ。

「言っとくけど、ホントにバカだからね」

笑いながらそう言い残すと十波は離れていった。

それと入れ替わるようにやってきたのは、件《くだん》の榊原と設楽だ。もしかしたら十波はバカふたりを制して、まずは自分が僕のところに乗り込んできたのかもしれない。

「おい、なんだよ、あの態度！　なんかワケがあるんだよな⁉」

「そうだ。説明しろ、説明」

ふたりが席に座る僕を取り囲むように立つ。

「俺たちゃ信じねーからな。比良坂がそんなやつだって」

「……」

なるほど。こういうタイプか。確かに目の前で起きていることが理解できない、説明されないとわからないバカだ。

2

放課後、僕と小南によってすっかり空気の悪くなってしまった教室を後にして家に帰る。と、まるでそのタイミングを計ったかのように、美沙《みさ》からチャットアプリでメッセージが送られてきた。

僕はスラックスのポケットからスマートフォンを取り出し、確認する。

美沙とは何だかんだでチャットアプリのIDを交換することになった。会って話せばいいようなことは送ってくるなと釘《くぎ》を刺しておいたのだが、そしたら本当に何も送ってこなくて、最初に確認のためにメッセージを送り合った以降なにげにこれが初めてだ。それだけいつでもすぐに会えるシチュエーションにあるということなのだろう。

「どうでもいいような話じゃないだろうな」

メッセージを開く。

『もう帰ってますか？　帰ってますよね？　じゃあ、いつものコートにきてください』

「あいつ、僕が友達とどこかに遊びにいくという事態を、まったく想定してないな」

尤《もっと》も、実際にそのような素振りはなく、昨日今日と小南と揉《も》めているせいで、いよいよそんな空気ではなくなってきている。厄介《やっかい》な転校生がきたものだと、ぼちぼち疎《うと》まれているころだろうか。

さらに次のメッセージが送られてきた。

『すぐにきてくれないと、えっちな自撮りを送りますから』

「まだ言ってるのか……」

どうやらすぐにでも行かないといけないらしい。と、思っていたら、また次のメッセージが送られてきた。

写真だった。

それも肌色率高めの。

「ッ⁉」

これは直視したらダメだと直感的に悟り、写真を見ないようにしながら、その画像をゴミ箱に放り込んだ。

その勢いのまま、こちらからも返信する。

『すぐに行くからもう何も送ってくるな』

『はーい』

字面《じづら》だけはやけにかわいらしい返事が返ってきたが、美沙が端末のディスプレイを見ながらほくそ笑んでいるであろうことは容易に想像がついた。

僕はさっそく制服から外出着に着替えた。

家を出て、コートへと足を向ける。釘を刺しておいたからふざけたものはもう送ってこないと思うが、何せ美沙のやることだから油断はできない。だからと言って、走っていけばそれはそれであの悪魔みたいな女子中学生の思う壺《つぼ》のようで――結局、折衷《せっちゅう》案として早足で行くことにした。

家から歩いて十分ほどのコートへ、六、七分で着くと、そこには動きやすそうな恰好《かっこう》の美沙が待っていた。長めの髪は首の後ろあたりでひとまとめにしてくくり、手にはボールを持っている。

「あ、聖也さん」

彼女は僕の姿を認めると、嬉しそうにぱあっと笑う。が、それはすぐに意地の悪そうな笑みに変わった。

「早かったんですね。もっとゆっくりきてくれてもよかったのに。自撮りのストックはたくさんありますから」

「うるさい。もう二度と送ってくるな」

ここでちゃんと言っておかないと、こいつは絶対に繰り返す。

「それで、送った写真は見てくれました?」

「……見てない。速攻で捨てた」

僕はできるだけ美沙の期待に沿わないよう、あえて素っ気なく言う。

「もぅ、何てことするんですか。わたしの初めてのビキニですよ? もったいないと思わないんですか?」

「……」

そういう写真だったのか。

「それに雑誌に載ってるアイドルと比べたいって言ってたじゃないですか」

「言ってねぇよ! 捏造《ねつぞう》してくれるな」

こいつ、何日も前の伏線を今ごろ回収しにきやがった。

「興味が出たのなら、後でゴミ箱から拾い上げておいてくださいね？　ポーズと衣装のリクエストがあれば聞きますよ？」

「それで僕を呼んだ理由は？」

僕は美沙の言葉を遮《さえぎ》るようにして問う。

しかし、彼女はあからさまに話題を変えられたにも拘わらず、にこにこと笑っていた。

「聖也さん、少しバスケを教えてください」

「バスケ？」

僕は鸚鵡《おうむ》返《がえ》しに聞き返してから、しばし考える。

確か美沙は、もう続ける理由がなくなったと言って、バスケをやめたのではなかったか。

しかし、その一方で、彼女はこうして自分のボールを持っているし、たびたびここに足を運んでいるようだ。美沙と初めて会ったのもここだった。

「何を教えてほしいんだ？」

返事代わりのその問いに、美沙は嬉しそうに笑う。

「わたし、カッコよく相手を抜きたいんです」

「カッコよくねぇ」

カッコいいかはともかくとして、そこは僕の得意分野ではある。速攻からの一対一、もしくは、一対二。或《ある》いは、ゴール下への切り込み。敵ディフェンダを抜き去ってゴールを決めたり、集団に飛び込みながらも、この体に触れることすら許さずチャンスメイクをする――それが刀祢聖也というプレイヤだった。

「美沙、ボール」

僕は短い言葉で、ボールを寄越すよう要求する。

「あ、はい。……ッ⁉」

ボールが僕に渡った直後、彼女の目が驚愕《きょうがく》に見開かれた。僕が一瞬にして美沙を抜き去ったからだ。

「これがクロスオーバー」

僕はそのままレイアップシュートを決め――落ちたボールを拾いながら言った。

少しばかり具体的に説明すると、僕はまず美沙の左から抜くと見せかけるため、軽くステップでフェイクを入れた。それから体の前でドリブルを切り換え、反対側から抜き去ったのだ。

これをクロスオーバーという。

個々の動作を見ると基本的なものばかりなので、決して高等技術というわけではない。だが、そのひとつひとつでポイントを押さえなければ、クロスオーバーは敵を抜き去る技として成立しない。

「フェイクは必ず顔も入れること。その後のフロントチェンジは相手が手を伸ばしても届かないくらい低く、素早くやるのがコツだろうな。それと逆から抜く際の特に二歩目、後ろになっている足を前に出すときは大きく踏み出すことを意識しろ」

「……」

僕はそのポイントを説明するが、美沙は未《いま》だ呆然《ぼうぜん》としている。

「おーい、聞いてるかー？」

「す、すみません。あまりに速くてびっくりしました……」

「速くないと意味がないだろ」

とは言え、僕がやっているのは高校男子レベルだ。しかも、その中でも僕は突出している。何せクロスオーバーは刀祢聖也の代名詞ともいえる技だったのだから。そんなものを女子中学生の美沙が間近で体感したのだ。その反応もむりはない。

「できれば相手の動きをよく見て、最初のフェイクに反応できてなかったらそのままドリブルで抜けるようになりたいところだな」

「できるでしょうか……？」

美沙は不安そうだ。技自体は決して難しいほうではないのだが、いかんせん僕がやると完成度が高すぎて、真似《まね》ができるどうか不安になるのだろう。

「さぁね。できるようになりたかったら練習するしかないだろうな」

僕は美沙にどれほどの実力があるのか知らない。だから、安易に「お前ならできるさ」とは言えなかった。

「美沙、もう一回」

僕はまたもとの位置に戻ると、彼女にバウンドパスでボールを返した。美沙もこちらの意図を察して、再びボールを軽く投げて寄越した。

「これがリバースターン」

ボールを受け取った僕は、左から抜くかのようにドリブルをひとつ入れてから、背を向けてターン。と同時に、右手でボールを攫《さら》い——右から抜いた。

今度は動きを見せるために、わざとゆっくり動作を行った。美沙も棒立ちのディフェンダ役になりながら、僕の動きを目で追う。

僕は美沙の横を抜けると、テキトーな距離からジャンプシュートを放った。

「すごい。流れるような動き。さすがです、聖也さん」

「感心してないで。覚えるんだろ」

「はーい。そうでした」

舌を出す美沙。

こうして急遽《きゅうきょ》バスケのミニ講座がはじまったのだった。

「聖也さんは、もうバスケはやらないんですか?」

そして、何種類か一対一のテクニックを教えた後、美沙がそんなことを聞いてきた。

ついでにボールもこちらにパスしてくる。教えてばかりいないで、自分も何かやってみせろと言っているのかもしれない。

まるで挑発するみたいな強めのパスを受けて僕は、彼女の期待に応えるべくドリブルでゴールに向かった。

「ふっ」

ベストな位置で踏み切ると、一度も両手ではボールをキープせず、片手でゴールへと運ぶ。

が、リングにはわずかに届かなかった。

「ちっ」

忌々《いまいま》しい思いで舌打ちし、最後は手首を軽くスナップさせて、ボールを放り込んだ。

「何度も言ってるだろ。もうやる気はないよ」

僕は着地してから、美沙に答える。

練習していないから当然だけど、やはり運動能力が落ちている。

「そんなにできるのに、ですか?」

「もうこれだけしかできないんだよ」

僕の全盛期は、調子がよければ手首がリングをギリギリ越えたので、ボールを押し込むことができたのだ。いわゆるダンクシュートだ。

単純な運動能力なら、死ぬ気で練習すれば取り戻せるのかもしれない。だけど、どうやっても取り戻すことのできないものもある。僕は去年、利《き》き腕《うで》を折ったときにそういうものを失ったのだ。

「もったいないですね。わたし、聖也さんのプレイが見たかったです」

僕の答えを受けて、美沙は寂《さび》しそうにそう言った。

「美沙だってバスケはやめたんじゃなかったっけ？　練習なんてしても仕方ないんじゃないのか？」

「そうなんですけど……少し体を動かしたい気分でしたから」

美沙としては恥ずかしそうに、苦笑しながら言ったつもりなのだろう。だけど、先の感情を引きずってしまったせいか、その表情がまるで泣き笑いのようで——妙に彼女のことが心配になった。

それにもうひとつ気になることがあった。

「体を動かしたい気分って、何かあったのか？」

もちろん、その理由は人それぞれだろう。僕がそういう気分になったときは、たいていいやなことがあったときで、それを振り払うかのように一心不乱に練習に打ち込んだものだった。美沙にも何かいやなことでもあったのだろうか？　それとも気分がいいから汗を流したくなったのだろうか。

「まぁ、今いろいろあるもので」

「そうか」

言葉を濁すようなその言い方を聞くに、どうやらあまりいい方向のものではないようだ。僕は短く相づちを打っただけで、それ以上聞くことはやめておいた。

「聖也さんも一緒にどうですか？」

「ん？　あぁ、そうだな。少しくらいなら――」

どうせもうすでにテクニックのレクチャーでいくらか運動をした後だ。もう少しつき合ってもいいか。

そう思って返事をしかけていると、

「お部屋でちょっとえっちな感じに体を動かすわけですが」

「お断りだっ」

すぐに言葉を飲み込んだ。危うく犯罪者に仕立て上げられるところだった。

「あら、どうしてですか？　もしかしたらわたしにぴったりなプレイスタイルが見つかるかもしれませんよ？」

「不健全なことを、まるでスポーツを語るみたいな言い方をしてくれるな」

「そうですか？　新婚新妻プレイとか、放課後制服のままおうちデートプレイとか。とても健全じゃないですか。あ、ちょうど買ったばかりの水着がありますね。お部屋で初めてのビキニお披露目《ひろめ》プレイなんてどうですか？」

「やめろっ」

ほうっておくと頭が痛くなるようなことをひたすらしゃべっていそうだ。

「お前、本当に中学生だろうな？」

つき合えばつき合うほど疑わしくなる。

「そうですよ？　わたしの場合、体だけ見てるとそうは思えないかもしれませんが、まぎれもなく中学生です」

「体のことは知らんっ」

僕がぴしゃりと言うと、その反応が面白《おもしろ》かったのか、美沙はまたも意地の悪そうな笑みを見せる。

「最近の女子中学生のえっちさを甘く見てはダメですよ？」

「お前だけだろ」

「かもしれませんね」

その笑みを浮かべたまま、美沙は意外にもあっさりと認めた。一般論だろうが自分にだけ当てはまろうが、今の状況は変わらないからだろう。

「兎に角、バスケ以外はつき合わない」

「わかりました。仕方ないですね」

と、美沙は言うが、渋々というよりは、ここは一旦《いったん》引いておこうといった感じだ。きっとまた似たような話題を持ち出してくるにちがいない。

「と言いつつ、これもバスケ以外のことになってしまうのですが――今度わたしとデートしてください」

「……」

僕はまたもしばし考える。

デートなんて言葉を使っているが、恥ずかしそうに誘ってくるわけでもなく、ずばり聞いてくるあたり、ただ単にどこかに遊びにいきたいくらいのニュアンスなのだろうと思う。深い意味はなさそうだ。

このとき僕の頭によぎったのは、先ほどの泣き笑いのような表情と、遅い時間に出かけていたいつぞやのことだった。どうにも最近の美沙は様子がおかしい。少し気晴らしをしたほうがいいのかもしれない。

「わかった。いいよ。今度どこか遊びにいこう」

「ほんとですか⁉　嬉しいです。わたし、楽しみにしてますね」

こちらが思っていた以上の反応で、僕は面喰《めんく》らってしまった。

とは言え、喜んでくれていることは確かなので、まぁ、悪い気はしない。

「デートはおうちですか？　外ですか？」

「外だよっ」

まさかさっそくとは思わなかった。

3

その週の土曜日、
僕は午前十時ぴったりに黒江《くろえ》家のドアチャイムを鳴らした。

「はーい」

と、出てきたのは美沙の母親だった。

「ああ、聖也さん」

「おはようございます。美沙、いますか？」

美沙と遊びにいく約束の日が今日なので、いないはずがないのだが、ほかにいい聞き方が思い浮かばず、こういう第一声となった。

「ええ。いま支度中よ。もうすぐ出てくるわ」

黒江母は後ろに目をやり、苦笑しながらそう言う。

彼女は美沙の母親だけあって美人だ。しかも、若い。中学生の子どもをもつ母親とは思えない。もちろん、因果関係で言うならば逆で、この母親の血を引いているからこそ、娘の美沙もまた破格の美少女なのだろう。

「今日は美沙にもついてきてほしかったんだけど、聖也さんと約束があるんじゃ仕方ないわね」

「お母さん、そんなこと言ったら聖也さんが気にするわ」

奥から美沙が現れた。

彼女はVネックのカットソーに、短めのスカートというスタイルだった。どちらも夏らしい淡い色でそろえている。いつぞやほどきっちりした服装ではなくて、それだけ今日のデートとやらにも気負っていないということなのだろう。

美沙は母親の横をすり抜けると、ミュールに素足を突っ込んだ。

「それもそうね。こちらのことは気にしないで楽しんでらっしゃい。……聖也さん、美沙をお願いしますね」

「いってきまーす」

黒江母に送り出され、美沙が玄関を飛び出す。僕は軽く頭を下げてからドアを閉めた。

ふたりしてマンションの階段を下りる。

そのまま表に出て、ひとまず駅へと足を向けながら僕は美沙に問いかけた。

「何か予定があったんじゃないのか?」

「いいんです」

しかし、彼女は短くそう答えただけ。その言い方は、彼女にしてはどこか冷たい感じに聞こえた。

「いや、でも——」

「何ですか、聖也さん、わたしに素敵なおじ様とお食事にいけっていうんですか?」

「……」

またひとつ聞きたいことが増えてしまった。

「なぁ、美沙。そのおじ様って——」

「そうだ、聖也さん。今日はどこに行くか決めてるんですか?」

再び美沙に言葉を遮られた。

「……いや、決めてない」

まぁ、いい。今度聞こう。

「今日の僕は単なる保護者だからな。美沙が行きたいところに行けばいい。どこでもとことんつき合うよ」

「もぅ。デートって言ったじゃないですか。男なんですから、こういうのはちゃんと決めておいてください。女の子に幻滅されますよ」

　かわいらしく怒る美沙。

「そう言うんだったら、もっとそれなりの恰好をしてこいよ。僕の部屋に遊びにくるときとたいして変わらないじゃないか」

「安心してください。見えないところはなかなか勝負仕様ですよ。いい雰囲気になったら見せてあげます」

「見えるところに気合いを入れてくれ」


　とりあえず繁華街に行けば何でもあるだろうと、最寄り駅からターミナル駅に向かう電車に乗った。

　しかし、今日は土曜日。タイミングよくホームに滑り込んできた電車に乗り込むと、同じことを考えている人間が多いのか、家族連れや友達同士、或いは、カップルで、車内は思いのほか混んでいた。

　僕は当分開かない側のドアのそばへと美沙を押しやり、自分は壁になるようにして彼女の正面に立つ。

「……」

　と、そこまではよかったのだが、兎に角、美沙との距離が近かった。密着というほどではないにしても、普通ではあり得ない距離。満員電車とは不思議なもので、これが赤の他人だと案外何とも思わないのだが、知り合いだと途端に気まずくなるのだ。

しかも、美沙がわりと胸もとの開いた服を着ているせいで、目のやり場に困った。

「混んでますね……」

「そうだな」

戸惑い気味に言う美沙に、僕は首を九〇度横に向けたまま返事をした。

「まぁ、すぐ着きますしね」

「そうだな」

僕はまた同じ言葉で答える。

「ところで聖也さん、そんなに横を向いていて首が痛くなりません？」

「いいんだ、気にするな」

こいつは事あるごとに自分の魅力を自覚して武器にしてくるくせに、どうしてこういうときだけ無防備になるのだろうな。

「あ、もしかしてわたしと顔が近いから恥ずかしがってるんですか？」

「……まぁ、そんなところだ」

僕は、もうそれでいいとばかりに、投げやりに肯定した。半分くらいはそれも理由であることだし。

「そんなの気にしなくてもいいのに。遠慮なくこっちを向いてください。何なら斜め下を見て、好きなだけ堪能《たんのう》してもらってもいいですよ」

「……」

こいつ、無自覚に無防備なんじゃなくて、わざと無防備だったのか。

と、そこで美沙が背伸びして、僕の耳もとに囁《ささや》きかけてきた。

「これっていい雰囲気じゃないですか？　ちょっと見てみます？」

あろうことか指を一本服の胸もとに引っかけてみせる美沙。

「どこがいい雰囲気だよっ」

「そうですか？　周りにバレないようにしながらとか、ドキドキしません？」

そうしながらからかうように、そんなことを言うのだった。

「……」

「聖也さん？」

「お前、いいかげんにしろよ。こっちは次の駅で降りて引き返してもいいんだぞ」

「はーい」

僕が顔を見据えて言うと、美沙はいたずらが見つかった子どものように返事をした。こういうときはたいていかたちだけで反省の色が窺《うかが》えないのだが、とりあえずはバカな行いをやめてくれる。

僕は密かにため息を吐いた。

今日こうして美沙につき合ってやっているのは、彼女を心配してのことだったのだが——あけてみればいつも通りの調子だった。心配して損した、というのが正直な気持ちだ。

それはさておき、美沙がかたちばかりの反省をしたところで、距離が近いことには変わりがない。僕は再び彼女から顔を逸《そ》らし、車窓へと目をやった。

「やっぱりこっちを見ないんですね」

そんな僕を見て、美沙はくすくすと笑う。

「お前だって僕みたいなのの顔が近くにあったらいやだろ」

「そうでもないですよ？　わたしはずっと聖也さんを見てます」

「やめろよな……」

さっき僕に怒られて反省したばかりなので、これはからかっているのではなく、本気で言っているのだろうな。それはそれでどうかしてると思うが。

「じゃあ、せめておあいこになるよう、顔を見て話しましょう。それともわたしがかわいいから、こんなに近いと照れますか？」

「自分で言うか」

しかも、自信満々で言うのではなく、当たり前のように言ってくるのがすごい。

「言ってるのはわたしだけじゃないですよ？　こっちで会ったばかりのころ、聖也さんも言ってくれました」

「忘れたよ、そんなこと」

言っただろうか？　自分ではさっぱり覚えていないが、美沙がそういうのだから確かなのだろう。

「もう美沙がかわいいから面と向かって顔を見るのが恥ずかしいでいいよ。まぁ、まんざら嘘《うそ》でもないからな」

僕は投げやりになって言った。

実際、黒江美沙はかわいい。もっと正確に言うなら、美人系の面立《おもだ》ちだ。時々自分でも言っているが、中学三年生にしては背が高く、スタイルもいい。それだけに整った相貌は大人っぽくて、かわいいというよりは美人と表現するほうが正しいだろう。

「照れてる聖也さん、かわいいですよ」

そう言って美沙はやけに艶《つや》のある笑みを見せた。

時々大人っぽいを通り越して、すでに妖艶《ようえん》ですらあるのが末恐ろしいところだ。

§§§

程なくしてターミナル駅に降り立った。

「さて、どうしましょう？」

「さっきも言ったけど、美沙の好きにすればいい。僕はどこでもつき合うから」

僕は横を向きすぎて固まった首を回しながら返事をした。

ここならたいていのものがある。買いものがしたければ百貨店かセンター街。スイーツ類の食べ歩きもセンター街か。シネコンが併設されたアミューズメント施設もあるので、ゲームの類や映画ならそっちだ。

ここは引っ越し前の町からも手ごろな距離にあるので、部活がオフの日に何度か仲間ときたことがある。休みのときまで一緒に遊んでいると、このチームは仲がよくて結束力もあると、当時は思っていた。――本当はそうでもなかったが。

「何かほしいものがあれば買ってやるよ」

「本当ですか⁉」

「いちおう僕が高校生であることを忘れるなよ」

ある程度は覚悟しているが、バカ高いものをねだられても困る。

「じゃあ、デパートに行きましょう」

「わかったわかった」

僕は思わず苦笑する。

何か買ってもらえるとわかった途端テンションが一段階上がって、このはしゃぎよう。見た目は大人っぽくても、中身は年相応か。

「いったい何を買ってほしいんだ？」

僕は百貨店へ足を向けながら、隣を歩く美沙に何げなく聞いてみた。

「下着を買ってもらおうと思います」

「おい、バカな考えはよせ」

そして、即答する。

「ダメですか？　じゃあ、買ってくれなくていいので、選んでください」

「むしろ買うだけのほうがマシだ」

一度言ったことだから撤回する気はないが、金は出しても絶対にそんなところに口を出したくはない。

「せっかくの機会ですから聖也さんに、わたしに似合いそうなものを選んでもらおうと思ったのですが」

「僕にわかるわけがないだろ……」

妹でもいれば多少わかるのかもしれないが、あいにくと僕には妹どころか姉もいない。

「わかりました。じゃあ、わたしに着せたいものでいいです。聖也さんがどんなのを選ぶか、ドキドキしてしまいます」

楽しそうに言って、美沙はまたも艶っぽく笑った。

「……もっとお断りだ」

むしろどきっとするのはこっちのほうで、内心の動揺を隠しつつ僕は言い返す。

「そうですか？　見ての通り、わたし、スタイルには恵まれましたので、同じ年の子より選択肢は多いと思うんです。普段から大人っぽいのが好きですし」

「……」

確かに、と思う。先にも僕が考えたように、そして、今も美沙が自分で言ったように、こいつはスタイルがいい。だから、高校生が身に着けるようなものでも似合ってしまうのではないだろうか。尤も、中学生と高校生でどれほどのちがいがあるか、僕にはわからないのだが。

「はい。じゃあ、いま想像したのを買いにいきましょう。どんなのですか？　オトナかわいいやつですか？　色っぽいの？　それともえっちなやつだったりして」

「何も想像してねぇよっ」

手を引っ張り、百貨店に向かう足を加速させようとする美沙を振りほどく。ついでに脳裏《のうり》をよぎった映像も振り払う。

「兎に角、そっちは却下だ」

「残念です……」

と、悲しそうに項垂《うなだ》れる美沙。

しかし、すぐにぱっと顔を上げた。

「では、代わりに水着を選んでください」

「それもいやに決まってるだろ。というか、もう持ってたよな？」

「そうでしたっけ？」

うふふふ、と白々しく笑う。平気で有権者を裏切る政治家みたいな発言だな。

「いや、僕に写真を送ってきただろ」

「見てくれたんですか⁉」

美沙は胸の前で嬉しそうに手を合わせながら、僕の前に回った。

「おい、こんなところで立ち止まるな。危ないだろ」

ここはターミナル駅。百貨店へと続く連絡通路は人でごった返している。決して立ち止まっていい場所ではない。

僕は美沙の両肩に手を添えると、その体をくるりと回し、先に進むよう促した。

「見てないよ。捨てたままだ」

再び歩き出した美沙の横に並びながら答える。

「では、わたしは水着なんて持ってないと主張します。見ていない以上、持っているとは証明できませんよね」

「確認できないものは存在していないみたいなロジックでしゃべるんじゃない」

量子力学とかシュレーディンガーの猫とか、そんな感じだろうか。

要するに、こいつは僕が確たる証拠を突きつけられないのをいいことに、シラを切り通そうとしているのだ。見たと言ったら言ったで、美沙は大喜び。つまりこちらの回答が何であれ、彼女は話を自分好みの展開にできるわけである。

「仮に持っていたとして――」

「仮にも何も、持ってるだろ」

「水着は二着持っておくのが女の子というものです」

美沙は僕の指摘を無視して続ける。意地でも持っていないと主張するつもりらしい。

「そうなのか？」

「はい。一着は海やプールで着る用。もう一着は水着プレイ用です」

「聞いたことねぇよ」

躊躇《ためら》いもなくおそろしいことを口にする女子中学生もいたものだ。

「実はわたしも聞いたことがないのですが、女の子とはかくあるべしと唐突に閃《ひらめ》きました」

「お前なぁ……」

　いったいどこから飛んできた電波だ。

「お部屋で彼氏に選んでもらった水着を着てみるプレイなんていかがです？　今なら『あの、これ、やっぱりわたしにはちょっと大胆な気が……』って恥ずかしそうにしながら出てきてあげますよ？」

「ほんとやめろよな、その芸風」

　先日もいくつか並べられて頭がおかしくなりそうになったばかりなのに、また増やしてきやがった。本当に中学生なのだろうか。見た目だけじゃなくて、考えることまで中学生らしくないというのはどういうことか。健全な魂は健全な肉体に宿るというあれと似たようなものだろうか。

　僕が呆れて文句をこぼせば、どういうわけか美沙は黙り込む。心なしか口を尖《とが》らせているようにも見える。

「美沙？」

「あ、いえ、もうちょっと気にしてほしいポイントがあったのですが、触れられもしないというのも対応に困ると思いまして」

「う、うん？」

　いったい何の話だ？

「兎に角、どうやら水着もダメそうですね」

「まぁ、そうだな」

僕は何となく気勢が削《そ》がれたまま答える。

「となると、女の子の気持ちがさっぱりな聖也さんに服を選べというのも酷な話でしょうね」

「……」

ひどい言われようだが、女の子の気持ちがわかって服も選んであげられるなんていう超人みたいな男がいたら、ぜひつれてきてほしいものだ。

「じゃあ、女の子の気持ちがさっぱりな聖也さんでも意見が言いやすいように、アクセサリィにしましょう」

「気を遣ってくれて、ありがとうよ」

何で二度も言うのだろうな。そんなに大事か？

「そもそも僕に意見を求めるなよ。買ってやるとは言ったけど、選んでやるとは言ってないんだからな」

「ダメです。世の中そんな楽なデートはありませんよ。真剣に考えた末の感想を、まったく参考にしてもらえないのが男性の役目というものです」

「悲惨な役回りだな、おい。……まぁ、身に覚えがないわけでもないけどな」

僕が高校に入ってからバスケができなくなるまでの短い間、つき合っていた彼女と何度か遊びにいったが、服やアクセサリィ、果てはスイーツの味に至るまで、求められて口にした意見や感想は参考にされた例がなかった。美沙の言う通り、男の役割とはそういうものなのかもしれない。

「聖也さん、デートの途中でほかの女の子のことを考えるのは失礼ですよ」

「あ、悪い」

まるで姉が弟を叱るみたいに言われ、僕は思わず謝った。

が、そうした後、ふと考える。果たしてこれはそんないいものだろうか。僕としては近所の女の子のお守りをしている程度の気持ちなのだが。

と、そこで、べしっ、と二の腕を叩かれた。美沙だ。

「痛いな。何するんだよ」

「失礼なことを考えていると思ったので」

「……」

何でわかるんだろうな。女のカンか？

「あ、おい、どこに行くんだ？」

唐突に方向転換をした美沙を呼ぶ。

「センター街に行きます。雑貨ならあっちのほうがいいですから」

「それもそうか」

雑貨は雑貨でも、百貨店の雑貨はブランド品が大半だ。だが、その点センター街なら中高生をターゲットにした店も多い。むしろ中学生なら変にブランド物に手を出すより、女の子の間で話題の店のほうがいいのだろう。

というわけで、僕と美沙はセンター街にある一軒のアクセサリィショップにきた。わりと迷わずここに入ったので、普段からよく足を運んでいるのかもしれない。

ずっと横にいても美沙がやりにくいだろうと思い、僕はタイミングを見て彼女から離れた。少しの間、ひとりで店内を見て回る。

美沙に何か選んでやろうと思ったのだが、案の定、これなら似合う、これなら喜ばれるという確信が得られるようなものは見つからなかった。ずっとバスケに打ち込んできて、その後は生ける屍なので、その手のセンスは皆無のようだ。

諦めて美沙のところに戻ると、彼女は真剣な様子で悩んでいた。

「なんだ、迷ってるのか?」

「あ、聖也さん。……ええ、まぁ、どっちにしようかと」

僕の声に振り返り、困り顔で答える美沙。

「何と何で?」

「キィホルダーとネックレスです」

そう言った彼女の手にはネコのかたちのキィホルダーが、睨《にら》む視線の先にはリボンをモチーフにしたネックレスがあった。

「キィホルダー？ 鍵《かぎ》につけるのか？」

「だけとはかぎりませんよ。カバンとかペンケースのファスナーとか、いろんなところにつけられます。学校にも持っていけるのがいいですね」

「ふうん」

僕なんてずっと部活のバッグだったから飾る余地もなかったし、そういう感覚も身につかなかった。

「反対に、ネックレスは学校に着けていけませんが、薄着になる夏に向けてこういうのがひとつほしくて……聖也さん、どっちがいいと思います？」

「それを僕に聞いてどうする。どうせ参考にしないんだろうが」

十数分前に自分が言ったことを忘れたわけではないだろうに。

「まぁ、そうなんですけど。予定調和ということで」

悪びれる様子もなく、いい笑顔を見せる美沙。本当にこういう場においてのやり取りはそうあるべきだと考えているらしい。

「理不尽だな。……両方買ってやるよ」

「え？」

美沙が驚いたように顔を上げ、僕を見る。

「迷ってるくらいだから両方ほしいんだろ？　どっちも買ってやる。そしたら僕も意見を言わなくてすむしな」

本当のことを言えば、ちらっと目に入った値札にはそれほど高い値段は書かれていなかった。ここが中高生をターゲットにした店ということもあるだろうし、美沙自身が無意識に自分の身の丈《たけ》に合ったものを選んだのかもしれない。ふたつ合わせて、やっと僕が出してもいいと覚悟していた金額を少し超えるくらい。だったら、両方買ってしまえば万事解決だ。

「いいんですか⁉」

「いいよ、それくらい」

「本当ですか⁉　嬉しいです！」

美沙が目を輝かせて感激する。

そうやって喜んでくれることに頰《ほお》が緩む反面、買ってやるかどうかを金額で判断した自分が少し情けなくなり、反省する。こういうときに相手が喜ぶだろうからという理由をいちばんにできる男になりたいものだ。

「ほら、僕の気が変わらないうちに買ってしまえよ」

素直に喜ばれることが照れくさくなって、僕は美沙を急《せ》かした。

そうして店員を呼び、会計をすませる。

「ありがとうございます。大事にしますね」

美沙はそう言うと、包装されたそれらを言葉通り大事そうにバッグの中にしまった。

実に嬉しそうだ。

「お前、けっこうかわいいな」

「え？　な、なんですか、急に」

思わず口をついて出た僕の言葉に、美沙は戸惑う。顔が少し赤い。

「そうしてれば中学生らしくてかわいいよって話」

「も、もぅ、変なこと言わないでください……」

美沙はさらに顔を赤くして顔を伏せる。

先ほど自分で自分のことをかわいいと言ったのは、どこの誰だっただろうか。案外真っ正面から褒《ほ》められると弱いのかもしれない。

「ネックレス、次のデートのときに着けますね」

「ああ、楽しみにしてるよ」

そんな機会があればだけど。

「それとも裸にネックレスだけとかのほうがいいです？」

「なに？　お前は定期的にそういうことを言わないと死ぬ病気なの？」

かわいいと思ったらこれだ。

どうしてここで帳尻《ちょうじり》を合わせようとするのだろうか。

4

昼どきになったので食事をするため一軒の店に入った。

選んだのはもちろん美沙で、北欧風のパンとコーヒーの店なのだそうだ。

僕たちはすでに注文を終え——美沙の前には悩みに悩んで選んだふたつのパンが、僕の前にはそれらとはまた別の種類のパンがみっつ並んでいた。飲みものはコルタードと呼ばれるエスプレッソ系のコーヒー。北欧の定番らしい。

なお、美沙がパンを選ぶ際、僕は絶対に口を出さなかった。反対に、美沙は僕のものまで決めてしまった。いずれ少しくれと言ってくることだろう。

さて食べようかと思ったとき、テーブルをはさんだ向かいで美沙が何やらバッグをゴソゴソやっていた。中から何か取り出すのかと思いきや、

「できました。見てください、聖也さん。かわいくないですか?」

そう言って見せてきたバッグには、ファスナーのところに先ほど買ったばかりのネコのキィホルダーがつけられていた。

「ああ、かわいいよ」

「ですよねー。わたしもそう思います」

　美沙は嬉しそうに笑う。

　ついでに言うと、こうやって無邪気に喜んでいる美沙もやはりかわいい。

　しかし、不意にその表情が曇った。バッグを自分のほうに向け、じっとキィホルダーを見つめる。

「どうした？」

　キィホルダーに傷でもあったのだろうか。

「本当にふたつも買ってもらってよかったのでしょうか……？」

　美沙が口にしたのがこれ。

「何だ、そんなことか。最初から美沙には何か買ってやるつもりだったし、ぶっちゃけ両方あわせても予算内だったたから気にするな。それでも気になるってんなら、どっちかは誕生日プレゼントだと思っとけ」

　美沙の誕生日がいつかは知らないが。

「わたしの誕生日、三月十四日ですよ？」

「思った以上に先だったな。……まだ十四かよ」

　むしろなってまだ三ヶ月程度。残り期間のほうが長い。

「はい、十四です。……どうです？　大人っぽくてスタイルがよくて、ちょっとえっちな十四歳は？」

「絶対に手を出したくない物件だな」

いつ何時自分が犯罪者になるか、わかったものじゃない。

「じゃあ、手を出した前の彼女さんってどんな人だったんですか？」

「手を出したって言うな。人聞きの悪い。……何でそんなこと聞くんだよ」

「今の彼女として、前の彼女のことが気になるのは当然だと思いません？」

「誰が今の彼女だ」

彼氏の前の彼女が気になる——もしかしたら美沙の言う通り、それが女の子として当たり前の感情なのかもしれない。が、今ここにおいては前提がまちがっていた。

「あ、今度はちゃんと反応してくれましたね」

「何の話だ？」

「それで、どんな人だったんですか？　美人ですか？」

こちらの疑問など意にも介さない美沙のマイペースさには、呆れるのを通り越して感心する。僕はため息をひとつ吐いてから口を開いた。

「まぁ、文句なく美人だったよ。頭もよくて気が利いて……ただ、少しだけブランド志向が強かった」

彼女にとって男はアクセサリィだったのだろう。特に成績を残すようなアスリートはわかりやすいブランドであり、そして、中でも『刀祢聖也』は全国レベルの最高級品だった。だから、僕がバスケをやめて無価値になると、あっさりと僕のもとを去ったのだ。

僕はそんな話をまるで他人事《ひとごと》のように語る。

「聖也さんは、自分でも価値がなくなったと考えてるんですか？」

話を聞き終えた美沙が、そう問いかけてきた。

てっきり当時の彼女のことを聞いてくるのかと思っていたが、喰いついてきたのはそちらのほうだった。

そして、どこか怒っているようにも見えた。

「どうだろうね。少なくとも僕が、これが自分のすべてだと思っていたものを失くしたのは確かだよ。もう何も残っていない」

僕にはバスケがすべてだった。バスケをするために生まれてきたとすら思っていた。実際、その道で類稀《たぐいまれ》な才能を発揮し、将来を嘱望《しょくぼう》されていた。

だけど、僕はそれを失った。

「でも、できなくなったわけじゃありません。わたしに教えてくれました。すごいプレイも見せてくれました」

「すごくないよ、あれくらい。一年前の僕はもっとすごかった。でも、もうあのころの自分には戻れない」

「それではまるで、過去の栄光にしか価値がないって言ってるみたいです」

美沙は鋭く言い放った。

「自分で自分を諦めないでください。聖也さんに『これから』はないんですか?」

「……」

僕は押し黙る。

少し考え、やがて口を開いた。

「……ないよ。今の僕はもう抜け殻《がら》だ」

そう言ってしまうと、美沙は小さくため息を吐いた。

或いは、生ける屍。

「聖也さんには失望しました」

「悪かったな」

僕は、今はそれだけを言い返し――この話はこれっきりとなった。

§§§

食後は再びセンター街へと戻った。

今度は何か目的があるわけではなかったので、テキトーに目についた店に入って冷やかすばかり。

　あれがかわいい、これがかわいいと言っている間はいいのだが、それがなくなる移動のときなどは途端に話が途切れた。たぶん先ほどの店でのやり取りが尾を引いているのだろう。ぎくしゃくというほどではないものの、お互い何となく積極的に話題を見つけようとしなかった。

（面倒くさいことになったな……）

　内心でそう思いながら、次なる店を探す美沙と歩いているときだった。

「刀祢！」

　かつての僕の名を呼ぶ声。

　誰だろうと思って振り返れば、そこには僕と同じくらいの歳《とし》の男子高校生が三人いた。見覚えがある顔。

　当たり前だ。僕がついこの間までいた前の高校で、同じバスケ部に所属していた面々なのだから。

（高須《たかす》に、水野《みずの》先輩。そして、渋沢《しぶさわ》先輩、か……）

　僕は頭の中でひとりひとり名前を確認していく。

「久しぶりだな」

　懐《なつ》かしそうにそう言ってきたのは、バスケのプレイヤにしては小柄な水野先輩だ。ポジションはポイントガード。

「そうですね。先輩方は、今日はオフですか？」

「ああ、そうなんだ。だからぶらぶらとな」

嬉しそうに笑う水野先輩の顔を見て、僕はピンとくる。

「つまり試合で勝ったんですね？」

「そういうこと」

試合で勝ったら褒美《ほうび》として練習が一日休みになる、というのがあの部の伝統だ。今日がその臨時のオフなのだろう。

「そういうお前は何してんだよ？」

次に聞いてきたのは、三人の中でいちばん背が高い高須だ。僕と同じ学年で、ポジションはセンター。こうして先輩ふたりと休みの日に一緒にいるあたり、今やチームの中核を担う選手なのだろう。

言いながら、高須はちらと美沙を見た。

要するに、これは言葉通りの質問ではない。お前の隣にいる子は誰なんだ、と言外に聞いているのだ。

「僕も近所の子と一緒にぶらぶらしてるだけだよ」

そう答えておく。

「すっげぇかわいい子じゃん」

「かもね」

かわいいのはまちがいないのでいちおう同意はしておくが、ただし、中学生らしくしていればという条件がつく。

「なぁ、刀祢」

と、そこにまるで意を決したように切り出してきたのは、今まで黙っていた渋沢先輩だった。ポジションはスモールフォワード。……そう、僕と同じフォワードだ。

「……」

だが、彼の口からは続く言葉はなかった。

僕の聞きまちがえでなければ、最初に僕の名を呼んだのはこの渋沢先輩だったはず。つまり、何か言いたいことがあるのだ。

「バスケは、続けてるのか？」

そして、ようやくそう問いかけてきた。

あぁ、面倒くさいな。

「やめましたよ」

あまりにも面倒くさくて、僕はそう返事をする。

「やめた、のか……？」

「ええ、やめました。渋沢先輩だって僕にやめてほしかったんですよね？　まさか部はやめてほしかったけど、どこかで続けててほしかったなんてムシのいいことを考えてたんじゃないでしょうね？」

　そして、面倒くさいついでに悪態をついてやった。

　僕の豹変《ひょうへん》に、水野先輩と高須がぎょっとする。僕の隣では、美沙が目を丸くしてこちらを見上げてくるのがわかった。

　そして、最も顕著な反応を示したのが先の渋沢先輩だった。彼は何かに耐えるように唇を強く嚙《か》みしめる。

「さっきから謝りたそうにしてますが、その必要はありませんよ。まぁ、渋沢先輩が僕に言った『だせぇ』『そんなこともできないんなら、やめたほうがいいんじゃないか』って言葉は今でも耳に残ってますけどね」

「……それについては謝る。あのとき俺は――」

「だから、謝る必要はありませんって」

　僕は渋沢先輩の言葉を遮る。

「実は当時、僕もそろそろバスケをやめようと思っていたんですからね」

「は？」

疑問形で発音したのは高須だ。

「みんなは僕が疎ましかった。僕はやめたかった。だから、ちょうどよかったんです。そもそも僕にとってバスケはファッションだった。女の子にモテるスポーツは何かって考えて、サッカーかバスケかで迷ったんですけど、土まみれ泥まみれになるのは勘弁してほしかったんで、バスケにしました」

「お前、本気で言ってるのか⁉」

高須が怒りもあらわに睨みつけてくる。

彼とは同じ学年で、一緒に入部したし、ペアでの練習もよくやった。だが、まさか僕がこんな気持ちでいたなんて夢にも思わなかったことだろう。

「もちろん」

僕は悪びれることなく認める。

「で、はじめてみたら思わぬ才能を発揮して、雑誌で特集を組んでもらうまでになったってわけです。やめた後もモテますよ。カッコよくないですか。志半ばで夢を諦めざるを得なかった悲劇のヒーローですからね。女の子ウケはすこぶるいいです。この子だって、実は今日そこで引っかけたんですよ」

ここで美沙に何か言われたら終わりだが、おそらく彼女は何も言わないだろうと僕は踏んでいた。

「お前がそんなやつだったなんて、がっかりだよ」

と、水野先輩。

今日はあちこちから見限られる日だ。

「そうですか。でもね、水野先輩。水野先輩だって……いや、当時の先輩方はみんな、少なからず僕を嘲笑《あざわら》った。実際に一対一をやったら、あのときの僕にすら勝てそうにない先輩もいたでしょうにね。……水野先輩はどっちでした？　僕の見立てでは五分五分ってところ――」

「お前っ⁉」

「もういいよ、水野」

僕に喰ってかかろうとした水野先輩を、渋沢先輩が制する。

「行こう」

まずは渋沢先輩が落胆したように肩を落として踵《きびす》を返し、次に水野先輩が舌打ちしてからその後を追った。

最後に高須が残る。

「刀祢……」

「情けない顔をするなよ、高須。試合中みたいに強気でいないと」

高須はゴール下で強気のポストプレイができるプレイヤだ。それがこんな顔をするくらいだから、よほど僕に失望したのだろう。

「みんなショックだったんだよ。まさかお前が転校までするなんて。いちばん落ち込んでたのは麻宮《あさみや》さんだ」

「……」

麻宮真琴《まこと》。

僕が当時つき合っていた女の子だ。

「失って初めて大事だと気づいたって？　月並みだな。でも、当然だと思わないか？　自分でも辛《つら》い現実を突きつけられているところに、さんざん笑われたんだ。逃げたくて転校だってするよ」

「刀祢、その……」

高須が何か言いかける。

「高須！　早くこい！」

怒っているような水野先輩の声が飛んできた。

「行ったほうがいい」

「あ、ああ、わかった。また連絡するよ」

そう言って高須はふたりの先輩を追って、走り去っていった。

僕は彼らを見送ることなく背を向ける。

「僕たちも行こうか」

「……」

美沙は何も言わなかった。

§§§

目の前にはガラスでできたような硬質なオブジェが聳《そび》え立っていた。

百貨店の中心にある三階までの吹き抜けを貫くようにして設置されたオブジェだ。クリスマスシーズンになればツリーのように飾りつけがされたりもする。

それを僕と美沙は、二階の手すり越しに見ていた。

「悪かったな。変なところを見せてしまって」

何を話すわけでもなく、ただ黙って眺めていたが——程なくして僕は、そう切り出した。

「わたし、そんな軽い女の子じゃありません」

「だから悪かったって」

ナンパして引っかけた女の子設定はさすがに気に障ったか。

「それに聖也さんもそんな軽い人じゃないです」

美沙は怒っていた。

「聖也さんはずっとバスケに打ち込んできて、誰よりも努力をして、それだけの結果を出した人です」

「……」

やっぱり美沙は怒っている。

「なぁ、美沙。お前、昔の僕のこと知ってるな？」

「はい……」

僕の問いに、彼女は首肯した。

やはりそうだったか。これまでの言葉の端々から、何となくそんな気はしていた。今日の昼の『過去の栄光』という言葉も引っかかったし、思い返せば初めて会ったときの美沙の『バスケ、やってたんですか？』という台詞《せりふ》もおかしかった。あれは僕がバスケをやめたことを知っているからこその過去形だったのだ。

「初めて聖也さんを見たのは中学に入ってすぐでした」

「僕が中三のときか」

「そうなりますね。そのときのわたしはまだバスケをやっていなくて、テニス部に入っていたんですけど、たまたま見た試合に聖也さんがいました」

僕の頭に翔星館《しょうせいかん》学園の中等部との試合の記憶はない。となると、美沙はほかの学校との試合を見たのだろう。

「すごかったです。ボールを持った瞬間ダブルチームであたられるのに、それをもろともせずに。目が離せませんでした」

美沙がオブジェから目を離し、感激を伝えようするかの如くこちらに向き直った。僕も半身で手すりにもたれるようにして美沙と向き合う。

中三と言えば、僕の名前はすでに全国に知れ渡っていたはずだ。刀祢聖也へのディフェンスはファウル覚悟でダブルチーム《ふたりがかり》、というのが対戦相手にとっての基本中の基本にして、唯一無二の対処法となっていた。

「あのときに見たプレイは今でも目に焼きついていますし、その日は興奮で寝られませんでした。……あ、眠れなくて何をしていたかは言えませんよ?」

「いいんだよ、そんなよけいなことはっ」

何かおそろしい言葉を聞いた気がして、僕は慌《あわ》てて体をオブジェのほうへと戻す。その僕の耳に、美沙がくすりと笑う声が聞こえた。

「それからすぐに、わたしはテニスをやめてバスケ部に入りました」

「意味のないことを……」

学校もちがえば、男女のちがいもある。美沙がバスケをはじめたところで僕との接点ができるわけでもない。

「そうですね。何の意味もない転向でした。それでもわたしは、少しでも聖也さんに近づきたいと思ってバスケをはじめたんです。背も高いほうだったし、不純で真《ま》っ直《す》ぐな動機もあったせいか、同じ学年のほかの子たちよりも遅いスタートになりましたが、すぐに上手《うま》くなりました」

美沙も体をオブジェへと戻し、懐かしむように語る。

「これなら聖也さんと一緒の高校に進むのもいいかなと思いました」

「僕が東北の名門校とかに行ったらどうする気だったんだよ」

「もちろん、追いかけていくつもりでしたよ。それで偶然を装って近づいて、同郷ということで話が弾《はず》んで――やがては恋に落ちる予定でした」

真顔でそんなことを言う美沙。

「お前な……」

「怒らないでください。女子中学生のよくある妄想です」

呆れる僕と、苦笑する美沙。

「あ、聖也さんが載ってる月刊篭球《ろうきゅう》はちゃんと三冊持ってますよ。大切に扱っているので、まだ一冊目もきれいなままです」

「焼いてしまえ、そんなもの」

投げやりに僕は言う。

半分以上本気だ。今となっては過去の汚点でしかない。

「幸いなことにと言うべきか、残念なことにと言うべきか、聖也さんはすぐ近くの高校に進まれたので、そんなことにならなかったのですが。でも――」

と、そこで彼女の声が暗く沈む。

「突然、聖也さんはバスケの世界から消えてしまいました」

「……」

去年の秋か。

「だから、わたしもバスケをやめました」

「僕のせいにするなよ。せっかくはじめて上手くなったんだろ？　そのまま続けてればよかったんじゃないのか？」

「誰かのせいにするつもりはありません。でも、聖也さんに近づきたくてバスケをはじめたんです。その聖也さんがやめたのに、わたしがその場に留まっていたらまた離れてしまいます」

わかるようなわからないような理屈だ。でも、以前美沙はそれを『続ける意味を見失った』

と表現している。

「聞きました。怪我《けが》をされたんですよね？」

「ああ」

僕はうなずく。

「ちょっとしたアクシデントでね。右腕を折ってしまったんだ」

「利き腕を、ですか？」

「そう。全治二ヶ月。夏の最中にやって、秋にはどうにか復帰した。でも、そのときには前と同じようには体を動かせなくなっていた」

今度は僕が語る番だった。

利き腕の骨折は僕から繊細なボールハンドリング――パスやドリブル、シュートといったあらゆる動作に関《かか》わるボールの扱い、を奪った。それは隙《すき》あらば鋭く敵陣に切り込んで、そのままシュートをしたり、ディフェンダを引きつけておいて的確なパスでチャンスを作ったりする僕のプレイスタイルにとってあまりにも深刻なダメージだった。

結果、僕は前と同じようなプレイができなくなった。

高校バスケ界のスターの如く扱われていた僕を、常日頃《つねひごろ》から裏に表に、少なからず疎ましく思っていた先輩たちは、そんな僕をここぞとばかりに笑い、嫌味を言った。曰《いわ》く「使えない」、曰く「刀祢ももう終わりだな」、などだ。

自分の名誉のために言うが、決して僕は素人並みになったわけではない。プレイにいくらか精彩を欠くようになっただけだ。おそらくそのときの僕にすら一対一で勝てない先輩も多くいただろう。だけど、彼らにとってそんなことは関係なかったのだ。才能ある新入部員を叩くことさえできれば。

中でもいちばん苛烈《かれつ》だったのが、先ほどの渋沢先輩だ。

彼とは同じフォワードということで、ポジションでかち合っていた。だから、当時の三年生が引退した後、確実にスタメンの座につくためには、僕が目の上のたんこぶだったのだ。

やがて僕は現状に耐えきれなくなり、退部した。

ただ、やめた理由として先輩たちの嘲笑《ちょうしょう》はさほど大きくない。前と同じように動けなくなった自分が、僕自身許せなかったのだ。

あの学校に特待生制度はない。だが、部の顧問から熱心に誘われたのも事実だ。にも拘らず退部したことで僕は肩身がせまくなり——そこにきて父と母の離婚話が持ち上がって、それに便乗《びんじょう》するかたちで学校を去った。

そうして僕はすべてを失い、抜け殻になってこの地に流れ着いたのだった。

「驚きました。その聖也さんがまさかこの町に、それも隣の家に引っ越してくるなんて。コートで姿を見たときは夢かと思いました」

「なんで僕のこと知らない振りをした？」

「バスケをやめて、転校までしたんです。きっと聖也さんは新しくやり直そうとしてるのだと思いました」

にも拘らず、かつての僕を知っている人間が現れては、その気持ちに水を差すと思ったのだろうか。

「買いかぶりすぎだ。新しくやり直そうなんて毛頭《もうとう》考えてないよ。僕はただ、ここで何のプランもない『余生』を過ごすつもりだったんだ」

「そうでしょうか？　わたしにはまだ聖也さんの中にバスケへの情熱が残っているように見えます。あんなにも熱心にわたしに教えてくれましたし、フリースローレーンに立ったとき、聖也さんは真剣にシュートを打ちました」

「……」

あの奇妙な条件のフリースロー勝負は僕を試していたのか。

「もう一度聞きます。聖也さんは過去にしかいないんですか？　本当に『これから』はないんですか？」

美沙は再び僕のほうへと向き直り、問いかけてくる。お前の価値は過去にしかないのか、と。これからもう一度価値ある人間になろうとは思わないのか、と。

　僕はそんな彼女を横目でちらと見てから答えた。

「しつこいよ、美沙。言っただろ、僕はもう抜け殻だって。自分のすべてだと思っていたバスケを失って、後に残ったのは抜け殻だけだ」

「そう、ですか……」

　美沙は肩を落とし、三度オブジェへと体を向けた。

　しばしの沈黙。

　やがて僕はタイミングをはかるようにして口を開いた。

「さっき――」

「僕が何であの連中にあんなことを言ったと思う？」

「わかりません」

　美沙は首を横に振る。

「きっと高須――最後に残った背の高いやつのことだけど、あいつの言う通りなんだろうな。そのときはさんざん笑いものにして……でも、本当に僕が部をやめて転校までしたことで、あいつらはようやく自分のしたことに気づいたんだ。だから謝りたかった――」

　実際、その先頭に立っていた渋沢先輩は謝罪の言葉を口にしようとした。

「あいつらは、すまない、悪かったで気持ちがおさまるのかもしれない。だけど、僕はどうなる？　溺《おぼ》れたところを棒で叩かれた僕は、そんなことでは終わらない。だから、謝らせてやらなかった」

　ただそれだけのこと。

「それで気はすみましたか？」


「……」

　僕は美沙の問いに黙り込む。

「……悪態ついてて反吐《へど》が出そうだったよ」

「でしょうね。聖也さんには向いてません。……でも、それだけ傷ついていたということでもあると思います。だから、よくないことかもしれませんが、わたしにはそれを責めることもできません」

「そうか。ありがとう」

　いちおう気持ちは理解してくれるらしい。だからと言って正当化されるわけではないが、少しだけ救われた気分だった。

「それから――悪いな」

「何がです？」

「お前が憧《あこが》れた刀祢聖也という人間がこんなで」

自分がバスケをはじめるきっかけにもなった男がこんな小さな人間で、さぞかしがっかりしたことだろう。

「……」

だが、美沙からの返事はない。

むりに何か返してほしいわけでもないし——そのまま僕たちは、また黙ってオブジェを眺め続けた。

しばらくしてスマホのロック画面を見れば、時刻は午後五時。

「そろそろ帰るか。あまり遅くなると、おばさんが心配するしな」

中学生をつれているのだ。そろそろ頃合《ころあ》いだろうと思い、僕は美沙に声をかける。

「……」

またしても反応は何もなかった。

しかも、思いがけず手すりを摑《つか》む美沙の手に力がこもるのに気づいてしまい——仕方なく僕は彼女のそばを一度離れ、ちょうど空《す》いていた近くのベンチに腰を下ろした。ロダンの『考える人』のような姿勢で、彼女を斜め後ろから眺める。

いったい何を考えているのだろう？　その表情は長い髪に隠れ、ここからでは窺えない。最近何度か見た、あの物憂《ものう》げな顔をしているのだろうか。このところ時々様子がおかしかったので、少しだけ心配になる。

だけど、考えてもはじまらないし、心配しても仕方がない。こういうのはとっとと家に帰してしまうにかぎる。

三十分ほどしてから、僕は立ち上がった。

「美沙、いいかげん帰ろう」

肩に手を置き、そう誘いかける。

「いや……」

「え？」

「帰りたくない……」

「美沙？」

「わたし、帰りたくありません」

ぽつりとつぶやいた美沙の言葉に問い返せば、彼女は手すりを掴む手に視線を落としたまま首を横に振り、今度こそはっきりとそう言ってきた。

「おい、美沙、何を——」

「って、冗談ですよ、冗談」

美沙はくるりと振り返ると僕を見上げ、満面の笑みを見せてくる。

「は？」

僕は思わず目を丸くした。

そんな僕を見て彼女は、今度は意地の悪そうな笑みを浮かべる。

「あれ？　もしかして『今夜は帰りたくないの』的なものだと思いました？　ダメですよ、聖也さん。いくら大人っぽくてスタイルがよくて、ちょっとえっちだからといって十四歳に手を出したら」

「お前なぁ……」

窘《たしな》めるように言ってくる美沙に、僕は脱力する。なぜ考えてもいないことで怒られなければいけないのか。

「あ、でも、聖也さん次第では考えてあげてもいいですよ？　背伸びして買った下着のお披露目プレイとかどうです？　今なら手でせいいっぱい体を隠しながら、『やっぱりこれ、ちょっと恥ずかしいです……』って赤い顔で言ってあげます」

「だからやめろって言ってるだろうがっ。……ほら、バカなこと言ってないで帰るぞ」

「はーい」

僕が勢いよく踵を返すと、美沙は調子だけはいい返事をして僕の横に並んだ。

「そしたら聖也さんは『隠してたらわからないだろ』って言って――」

「やめろっ。続けるなっ」

こうしてひとまず美沙とのデートとやらは終わりを迎える。

だが、今日という一日はまだ終わりではなかった。

第5章 小悪魔ガールは帰りたくない

SHU-4 DE HEYA NI ASOBI NI KURU KOAKUMA GIRL HA KUBITTAKE!

1

午後七時前、家での夕食。

「どうだったの、美沙《みさ》ちゃんとは。しっかりいいお兄さんしてあげた？」

ダイニングテーブルの向かいから母が聞いてくる。

「どうだろうね。いくらかほしいものは買ってやったよ」

「何か買ってあげたらいいってものじゃないでしょうに」

「わかってるよ」

だけど、あんな悪魔みたいな少女の『いいお兄さん』とはどんな人間なのだろうか。同じく悪魔か。はたまた反対に神か仏のような人間なのか。

「でも、聖也《せいや》よりしっかりしてるから、美沙ちゃんのほうがお姉さんかしらね」

「やめてくれ」

いよいよ僕の立場がなくなる。

「本当しっかりしてて助かるわ。母さんが遅くなっても、あの子に聖也の晩ごはんを頼めばいいんだから」

いい大人が近所の女子中学生を頼ってどうする。

「子どもだよ、美沙は」

ほしいものを買ってやると無邪気に喜んでいた。

それくらいには子どもだ。

「都合よく頼ったらかわいそうだよ」

「あ、そうね……」

そして、子どもなりに何か悩んでいる。

それが何かは、僕にはまだわからないけれど。

§§§

家のドアチャイムが鳴ったのが、午後八時前。

そのとき僕は自分の部屋にいたが、母がインターフォンで応対し、玄関へと向かったのがわかった。

「聖也、聖也！」

程なくして母の呼ぶ声。

部屋を出ると母の姿はなかったので、玄関のほうだろうか。そう思ってそちらまで行ってみると、そこには母だけでなく美沙の母親もいた。

あまり顔色がよくない。

何となくいやな予感がする。

「あぁ、聖也さん、美沙を知らない？　こちらにはきてないわよね？」

おばさんは青い顔でそう聞いてきた。

僕が母の顔を見ると、彼女も深刻そうな顔でこちらに視線を返してくる。

「美沙、いないんですか？」

「え、ええ。わたしが夕食を作っている間に黙って出ていってしまったらしくて。散歩か何かですぐに帰ってくるだろうと思っていたのだけど……」

でも、この時間になっても帰ってこない、か。

「電話は？」

僕が尋ねると、おばさんは黙って首を横に振る。

そして、

「あの子にもしものことがあったら、死んだ夫に何と言ったらいいか……」

そう言って大粒の涙をこぼしはじめた。

「あいつ……っ」

僕は忌々《いまいま》しい気持ちで吐き捨てると、ふたりの母親に背を向け、中へと戻る。

「聖也？」

「僕がさがしにいってくる」

リビングを抜け、自分の部屋へ。まずは外出着に着替え、ポケットにスマートフォンと財布を突っ込む。

「何かわかったら連絡するから」

再び玄関へ行くと、僕はそう告げて外へと飛び出した。

外を歩きながら、美沙に電話をかける——が、出ない。

「僕でも出ないのか。何やってんだよ……」

母親からの電話に出ないのはわかる。きっと家で何かあったのだろう。何があったかはわからないが、何かあったことは確かだ。その『何か』はおばさんに聞けばおしえてもらえたのかもしれないが、美沙をさがすことに何の役にも立たないと思い、やめた。

母親はダメでも僕の電話になら出てくれると踏んだのだが——さっそくあてが外れた。

そのまま僕はいつものコートにやってきた。が、美沙の姿はない。

代わりに見つけたのはバスケットボール。それがリングとバックボードの間にはさまっていた。時々起こるアクシデントだ。こうなると別のボールをぶつけて落とすか、ダンクができるようなやつがジャンプして指で弾《はじ》くしかない。

あれが美沙のボールかどうかはわからない。もう暗いし、ボールなんてどれも似たようなものだ。仮に美沙のボールだったとして、彼女はこうなってしまって途方に暮れたことだろう。手もとにはぶつけるボールもなければ、めいっぱいジャンプしたところで届くわけでもないのだから。

そんな美沙を頭に思い描くと、不憫《ふびん》で仕方がなかった。早く見つけてやらないと。

だが、どこをさがせばいい？

彼女の好きな店、思い出の場所、こんなときに頼れる友達……。残念ながら、出会って半月の僕ではどれも心当たりがなかった。

だから僕は想像し、賭《か》けに出る。

美沙は最初、体を動かすためにここにきたのだ。

そうして練習をしていると、不運にもボールが詰まってしまう。だが、美沙にはそれを取る手段がなかった。途方に暮れていると、このところずっと悩みを抱えていたこともあって、次第にすべてがどうでもよくなってしまう。

そうして彼女は、ボールをそのままにしてふらふらと歩いていって……。


となると、行き先は――。

2

「美沙」

その背中に声をかけると、彼女はわずかに体を跳《は》ねさせた。

おそるおそるといった調子で振り返る。

「聖也さん、どうしてここが……?」

ここはあの百貨店のオブジェの前だった。

僕と美沙が、その芸術性に感動するわけでもなく、身の上話をしながらただ眺めたオブジェ。ご丁寧にも、彼女はあのときと同じ場所にいた。

「美沙が今日、どこかへ行くならここだろうと思ったんだ」

これが別の日なら手がかりがなく、お手上げだっただろう。

「おばさんが心配してる。帰ろう」

「いやです。帰りたくありません」

美沙は迷いなくそう答えた。

「家で何かあったのか？」

「……」

問うても口を閉ざす美沙。あのときもここで同じことを言った。今ならわかる。あれは冗談ではなかったのだと。

意思は固そうだった。

「わかった。言わなくてもいいし、今は帰らなくていい」

「え……？」

「だけど、僕もこうして美沙を見つけた以上、放っておくわけにはいかない。そいつが見たいなら好きなだけ見ろ。どこかへ行くなら僕もついていく」

そう言うと、僕はいちばん近くのベンチに座った。

さがしてくると言って出てきて、無事美沙を見つけたのだ。本当ならつれて帰らなければいけないのだろうが、本人が帰りたくないと言っているのだから仕方がない。だからと言って美沙の意思を尊重し、ここにひとり置いていくわけにもいかない。なら、後は美沙とずっと一緒にいてやるという選択肢しかないだろう。

美沙は賢い。こんなことが何日も続けられるはずがないとわかっているはずだ。いったい何を抱えているかわからないが、朝までには気持ちに整理をつけるにちがいない。

「本当ですか……？」

「ああ。とは言っても、ここはもう閉まりそうだけどな」

ここの閉店時間は二十一時。もう間もなくその時間で、すでに客も疎《まば》らになっている。いずれ僕たちもここを出ないといけないだろう。

「じゃあ、わたし、行ってみたいところがあります」

「好きにしろ」

今どき朝まで時間をつぶす場所ならいくらでもある。二十四時間営業のファミレス、マンガ喫茶《きっさ》、カラオケ……。普通の女子中学生なら馴染《なじ》みの薄いところもある。いい機会だから美沙が興味のある場所に行けばいい。それが気晴らしになれば、気持ちの整理もつけやすいかもしれない。

美沙は財布を持っていなかった。

ここまできた経緯はだいたい僕が想像した通りで、電車には手帳型スマホケースに入れていた交通系ＩＣカードで乗ったのだそうだ。

まずは昼から何も食べていなかった美沙のためにファミレスに入り、夕食をすませた。

その後は――、

「なんでここなんだよ」

僕は忌々しげにぼやく。

美沙は今、シャワーを浴びていた。浴室を囲む磨《す》りガラスはどういうわけか一般家庭のそれよりも透過度が高く、中にいる人間の動きまでわかりそうだった。しかも、防音効果まで低くできているのか、水の跳ねる音がやけに耳に響いた。

ここは匿名性《とくめいせい》が高く、個人の素性を詮索《せんさく》されることなく宿泊できる施設。俗にラブホテルと呼ばれる場所だった。

「何が悲しくて女子中学生とこんなところに入らなければならないんだ？　見つかったら即アウトだ」

僕は再びぼやく。

浴室を見ないようにして部屋の中に目を向ければ、やたらと清潔感を強調したようなダブルベッドがあった。

それからさほど広くない部屋を広く見せるためか、壁には大きな鏡がある。いや、大きいという表現ではひかえめで、実際には壁一面の鏡だ。工夫するにしても少しやりすぎではないだろうか。

「そうだ。電話しないと」

僕は思い出し、スマートフォンを手に取った。こうして無事に美沙を見つけたのだ。早くおばさんに連絡してあげるべきだろう。

とは言え、連絡先を聞いていないので、ひとまず我が家へかける。

「母さん？　美沙、見つけた」

僕はシャワーの音が入らないよう、浴室から最も離れた場所で通話をはじめた。

『そうなの？　よかったわ』

「ただ、今は帰りたくないって言ってる」

『え？　でも、それじゃあ……』

戸惑った母が言い淀《よど》む。

「わかってる。かと言って、首に縄をつけてむりやりつれて帰っても仕方ないしさ。だから、僕が朝まで一緒にいてやって、あいつの気分が落ち着いたらつれて帰るよ。おばさんにもそう言っといて」

『わかったわ』

母の声に安堵《あんど》の色が窺《うかが》える。

『今どこにいるの？』

「……」

まさかバカ正直に本当のことを言うわけにはいくまい。

『聖也？』

「ごめん。ちょっと電波が悪いみたい。……あいつがシャワーを浴びたいって言うから、今はネットカフェにいる。大丈夫。僕がちゃんと見てるから、変なところには行かせないよ」

さっそく変なところに入ってしまっているわけだが。

『そう。わかったわ。美沙ちゃんのこと、お願いね。美沙ちゃんのお母さんにはこっちから伝えておくわ』

「うん。よろしく」

そうして僕は電話を切る。

気がつくとシャワーの音が聞こえなくなっていた。

「見てください、聖也さん。わたし、バスローブなんて初めて着ました」

当然、美沙が出てくる。

彼女は白いバスローブを身にまとっていた。汗を流してすっきりしたからか、それとも初めて踏み入る場所に興奮しているのか、若干《じゃっかん》はしゃぎ気味だ。

「このお風呂《ふろ》、外からだとどんな感じですか？　けっこう見えます？　それとも見えそうで見えないのが、逆に想像をかき立てられる感じですか？」

「見てないから知らないよ」

僕は突き放すように言い返す。

「もう、ちゃんと見ててくださいよ。……じゃあ、じゃあ、聖也さんに問題です。この下はどうなってるでしょーか？」

美沙はそう言うと両腕を広げてみせた。

「それも知らない。ほら、バカなことやってないで、早く寝ろよ」

「寝るにはまだ早いですよ。子どもじゃないんですから。それとも聖也さんは、こんなところに入る子どもがいるとでも？」

何が可笑《おか》しいのか、美沙はくすくすと笑う。

「ということで、答え合わせです」

そして、おもむろに帯をほどくと、バスローブをはらりと下に落とした。

「あ、おい、ばかっ」

いきなりのことに慌《あわ》てる僕の目に映ったのは、美沙の下着姿だった。

「ドラマとかで見てると裸で着てるみたいだからそうしてみたのですが、何だかすーすーして心許《こころもと》なかったので下着をつけておくことにしました」

「わかった。わかったからちゃんと着ろ」

僕は顔を背《そむ》けたまま言う。

「どうしてもと言うなら着てもいいですけど、先にこの下着の感想を聞かせてください」

「何でそんなことを……」

「あっそう、そうですか。じゃあ、朝までこの恰好《かっこう》のままでいますね。……あ、もしかしてそうさせるつもりでした？」

やけに艶《つや》のある声音《こわね》が僕の耳朶《じだ》を打った。

「そんなわけあるかっ。……わかったよ。感想を言えば着るんだな」

「はい。……あ、でも、ちゃんと見て言ってくださいね？」

僕は心の中でみっつ数えてから美沙を見た。

彼女は左腕の肘を右手で抱えるようなポーズで立っていた。その頬《ほお》には、今までの人をからかうようなやり取りとは裏腹に、恥ずかしげに朱がさしていた。

そして、問題の体のほう。

色は上下とも上品な白だった。ショーツは面積が少なくて、腰の左右はほとんど紐《ひも》のようになっている。そこに結び目があった。最初は小さくてかわいらしいと思ったが、すぐにむしろそれ故《ゆえ》に扇情的だと思い直す。

反対に、ブラジャーは意外としっかり胸を覆《おお》っていて、そこにどれくらいのボリュームがあるかわからないくらいだった。

変な意味ではなく、これが大人の下着というやつだろうか。

「どうですか……？」

「あ、うん、きれいだと思う」

聞かれて僕は、美沙の裸身を見たままそう口にしていた。

「あの、それってもしかしてわたしの体の感想ですか？」

「え？　あ、そうなるのかな……？」

そこでようやく僕は、心を奪われたように目が離せなくなっていることに気づき、慌てて視線を逸《そ》らした。

「聖也さんは本当にかわいいですね」

美沙がくすりと笑う。

「それで――どうでしたか？」

「えっと、よく似合ってると思う。でも、その、ちょっと大人っぽくないか？　それとも中三だとそれくらい当たり前なのか？」

残念ながら僕には、女子中学生にも女子高生にも、参考になりそうなサンプルに心当たりがなかった。

「さて、どうでしょうか。ほかの子はよくわかりませんが、わたしはこういうのが好きでいくつか持ってますよ。おめかししたいときに着ます」

「そ、そうなのか……」

こういうのを時々着ているのかと考えると、心臓が早鐘を打った。

しかし、はっと我に返る。

「ほ、ほら、感想を言ったぞ。ちゃんと着ろ」

「……」

返事がない。

「美沙？　……うわっ」

不審に思い、美沙のほうに視線を戻そうとしたとき、不意に手を引っ張られた。

ベッドに倒れ込み——気がつけば美沙に押し倒されたような状態になっていた。下着姿の彼女が僕の上に馬乗りになり、見下ろしてくる。

「お前、何を……」

「決まってるじゃないですか。こういう場所に相応《ふさわ》しいことです。……聖也さん、わたしといいことしません？　あ、この場合、イケナイこと、でしょうか」

美沙が妖艶《ようえん》にくすくすと笑う。

「バカなことはやめろ」

「バカなことじゃありませんよ？　わたし、えっちなことに興味があるんです。好きな人に触られるってどんな感じなのか。自分で触れるよりも気持ちいいのか……。聖也さん、わたしの好奇心を満たすのに協力してくれますよね？」

艶のある笑みを浮かべた美沙の顔が近づいてくる。

「やめろ。お前、さっきからおかしいぞ」

僕は美沙の両肩を摑《つか》み、それを阻止する。

「そうですか？　こういうところですることをしましょうって言ってるだけですよ？　当たり前のことだと思いません？」

「当たり前なわけあるかっ。お前いくつだ⁉」

「もう！　別に今はそんなこと、どうでもいいじゃないですかっ」

美沙は身をよじり、腕を振り回して僕の手を振りほどく。

まるで暴《あば》れているみたいに乱暴な動作。

まるで――。

「……お前さ、何をヤケになってるんだ？」

直後、美沙の動きがぴたりと止まった。

「別にヤケになったりしてません！　だってわたし、お母さんの娘ですから。だから、もともとこういう女の子なんです」

「何の話だよ」

「知ってます？　お母さん、再婚するんですよ？」

美沙は嘲笑《ちょうしょう》するかのように口の端を歪《ゆが》めながらそう言った。それが僕には、まるで泣き笑いのように見えた。

なるほど。それか。

「ちゃんと聞いてやるから話してみろ」

「……」

「言わなきゃわからない。それとも僕に言う義理なんかないってか？」

美沙が黙って首を横に振った。

「じゃあ、話してくれるな？」

今度はうなずく。

「それから、いいかげんちゃんと着ろ」

そして、最後に我に返ったように顔を赤くした。

3

再びバスローブを身にまとった美沙がベッドの端に腰を下ろしていた。いつもなら背筋を伸ばして上品に座るのだが、今は顔を伏せ、肩を落としている。

僕はサイドテーブルから引っ張り出したイスに腰かけた。

「お母さん、再婚するらしいんです」

「どんな人だ？　美沙から見ていやなやつなのか？」

僕が問うと、美沙は首を横に振った。

「とてもいい人です。優しそうで、ちゃんとわたしのことも気にかけてくれます。子どもができないまま奥さんを早くに亡くされたそうで、娘がほしかったんだって」

「もしかしてお前が言っていた『素敵なおじ様』か？」

「はい……」

つまり一緒に食事をした、そして、もしかしたら今日も会う予定が入っていたかもしれない男というのは、母親の再婚相手だったわけか。そういう場を設けるくらいだから、美沙に黙って話を進めたわけでもないのだろう。

「いったい何がいやなんだ？」

一見、悪い人ではなさそう。母親ばかり見ているわけでもなく、娘がほしかったのだと言って、ちゃんと美沙のことも気にかけているという。聞くかぎり、再婚も悪い話ではないように思える。

「お母さんが再婚したら、お父さんのことは忘れてしまうのでしょうか？」

「……」

「家族って何なんでしょうね？　お父さんとお母さんと子どもをそろえたら、それが家族なんでしょうか？」

美沙は前にも一度僕に聞いた。

家族とは何なのか、と。

「言っただろ。そんな高尚なこと、僕にはわからないって。だから保留だ。ここからは僕の話をしよう」

「聖也さんの話？」

「そうだ」

正確には崩壊した刀祢《とね》家の話。

「僕の母親というのは、息子の僕が言うのも何だけど、よくできた人でね。仕事も家事も完璧《かんぺき》と言っていい。……美沙のお母さんには負けるかもしれないけど」

「そんなことありません。素敵なお母様だと思います」

「そうか。ありがとよ」

尤《もっと》も、完璧だったら近所の女の子に息子の夕食を頼んだりはしないと思うが……まぁ、自分でできないときのそういうフォローも含めて完璧と言っておこうか。

「でも、父親のほうはそれが気に喰《く》わなかったようだ。たまに母のやることに至らない点があると、それを烈火の如《ごと》く怒ってね」

それは案外コンプレックスの裏返しだったのかもしれない。

「そんな父に苛々《いらいら》を募らせていった母は、最初は黙って父の怒りを受け止めていたけど、次第に言い返すようになったんだ。父からすれば、家事も仕事も完璧にこなすかわいげのない女に拍車がかかった感じだろうね」

僕が高校に上がるころには、ふたりはいつも言い争いばかりしていた。

「そして、あるとき父はついに母に手を上げた」

「え？」

美沙が目を見開く。

「実際には、咄嗟《とっさ》に僕がふたりの間に割って入ったから母に危害が加えられることはなかった。が、結果、僕の腕が折れた」

「じ、事故ってそれだったんですか……？」

「そう」

僕はうなずく。

いつか母が言ったように、運が悪かったのだろう。それまで大きな声を出すばかりで、手だけは上げたことのなかった父の暴力だ。それは金属バットやゴルフクラブを持ち出したわけでもなく、衝動的な素手によるものだった。でも、打ちどころが悪かったのか、それとも倒れ方が悪かったのか。僕の腕はポッキリ折れた。

「ショックだったのは父だ。初めて振るってしまった暴力もさることながら、そのことで将来を嘱望《しょくぼう》されていた高校バスケ界のスターの利《き》き腕《うで》を折ってしまったんだからね。息子の未来を台無しにしたわけだ。……おっと、自分で言ってて恥ずかしいな。スターとか」

僕が苦笑すると、美沙も小さく笑った。

後は美沙に話した通りだ。

ケガを治して無事に復帰したものの、僕は以前と同じようなプレイはできなくなっていて、バスケをやめた。

そして、それが原因のひとつとなって父と母は離婚したのだった。

「年度末に滑り込むようにして離婚届を出し、何だかんだ手続きをすませて——この六月にめでたく母子家庭となったわけだが、僕はそのときから母の顔つきが何となく変わったような気がしてるんだ」

「顔つき、ですか？」

美沙が首を傾《かし》げる。

「思うに母は僕という息子を、これからは自分ひとりで育てなければと思ったんじゃないだろうか。言ってみれば、決意とか覚悟だ。世の中、中学を出て自立するやつもいるんだから、もうほっといても勝手に大人になっていく歳《とし》なんだけどな」

むしろ僕が母を支えなくてはいけないくらいだ。

僕は苦笑した。

「美沙はお母さんが泣いた姿を見たことはある？」

「いいえ。ありません」

「だろうな。うちとちがってもっと早くにふたりだけになって——小さな美沙を抱えて、泣いたり嘆《なげ》いたりしてる場合じゃなかったんだろう」

僕の母と同じだ。自分が美沙を育てなければと思ったのだ。

「でも、そのおばさんが、美沙がいなくなったって泣いてたよ」

「ッ⁉」

美沙が息を呑《の》んだ。

「お前に何かあったら亡くなったお父さんに何て言ったらいいかって、そうも言ってた」

「お母さん……」

美沙は顔を伏せ、バスローブを強く握りしめる。その拳《こぶし》に涙が落ちた。

僕はしばらく待ってから再び口を開く。

「おばさんってさ、美沙のお母さんだけあってきれいな人だよな」

意識して少しだけ軽めの口調。

「だから、きっと好きになる人もいるだろうし、おばさんだって誰《だれ》かを好きになって、また幸せになってもいいんじゃないかな。美沙も大人なんだから、そこはわかってあげられるよな？　それともいつも自分で言ってるように、本当に大人っぽいだけで中身は子どもか？」

僕がそう問うと、美沙は首を横に振った。

「……わかり、ます。わたしも、お母さんには幸せになってほしい、です……」

「だよな。僕も母親には、僕の世話や面倒だけに人生を費やさず、自分の幸せや楽しみを追ってほしいと思うよ」

僕は言葉を紡《つむ》ぐ。

きっと美沙の気持ちも代弁していると信じて。

「安心しろ。おばさんは美沙が自分と死んだお父さんの子どもだって、ちゃんとわかってる。再婚したってお父さんのことは忘れないよ」

そうして一拍。

もう大丈夫だろう。

「おばさんが心配してる。朝になったら帰ろう」

「はい……」

美沙は泣きながらうなずいた。

§§§

美沙がベッドに寝て、僕がソファに寝る。

幸いもう夏と言ってもいい時期なので、布団《ふとん》なしで寝ても寒いということはない。多少寝心地は悪いが。

美沙が一緒に寝ればいい云々《うんぬん》言ってくるかと思ったが、どういうわけかそんなことはなかった。まぁ、そんな冗談を言うような心境ではないか。

暗闇《くらやみ》の中、彼女の声が聞こえてくる。

「起きてますか、聖也さん」

「起きてるよ」

考えていた。

普段ならとっくに夢の中の時間だが、まったく眠くなる気配がなく——ぼんやりと考えごとをしていたのだった。

「わたしも眠れません。寝るところじゃないからでしょうか」

「いや、寝るところでもあると思うぞ」

ひと晩中そんなことをしてられないだろうし。

「単に慣れない場所にいるからだろ」

「こんな場所に聖也さんをつれてきたわたしを軽蔑《けいべつ》しますか？」

「……しないよ」

美沙は自暴自棄になっていた。母親が父親のことを忘れてほかの男と再婚するなら、娘である自分も異性との交遊に奔放であるべきと、そう振る舞おうとしたのだ。

「それから、ここでわたしが言ったことややったことは忘れてください」

「……わかってるよ」

ヤケを起こしたやつのやることをいちいち真に受けたり、目くじらを立てたりしていたらキリがない。

「その代わり、えっちな自撮りをあげますから」

「いらねーよっ」

そのあたりはヤケになってやってた部分じゃないのか。

「いいからとっとと寝ろ」

「はーい」

いつものように調子だけはいい返事があり、それからかすかにベッドのスプリングが軋《きし》む音が聞こえてきた。ようやく寝る態勢に入ったのだろうか。

「あの、聖也さん……」

しかし、再び声。

「なんだよ」

「ありがとうございます」

「……」

そんなに改まって礼を言われてもな。

「いいよ。何かしてやったわけじゃないんだから」

「でも、わたしを見つけてくれました」

「……偶然だよ」

そう答えて、僕は美沙に背を向けるように寝返りを打った。

もう少しだけ考える。

美沙にえらそうなことを言った僕は、果たしてこのままでいいのだろうか、と。

「いいわけ、ないよな……」

やがて無意識に口からもれたつぶやきが、きっと自問の答えなのだろう。

4

先に目が覚めたのは僕だったようだ。

ソファで寝ていて体が痛かったこともあり、簡単なストレッチをする。しかし、こんな環境だというのに、結局それなりに眠れてしまった。案外適応するものだ。

改めて室内に目を向ければ、美沙が大きなダブルベッドの上で体を小さく丸めて寝ていた。起きているときは大人っぽい仕草《しぐさ》をするくせに、その寝姿は年相応だ。寝ているところなんて見られたくないだろうから、僕は美沙に背を向けてイスに座り、テキストチャットを打ちはじめた。

「おはようございます、聖也さん」

しばらくして、美沙が目を覚ます。

振り返ると、彼女はシーツを体に巻きつけ、ベッドの上で身を起こしていた。まだ眠そうだ。僕ほどは眠れなかったのかもしれない。

「起きたか。じゃあ、さっさと用意して、こんなところから出よう」

「そうですね。……あ、でも、その前に」

不意に美沙が何かを思い出したように声を上げる。

「どうした？」

「出る前に一回くらいこういうところに相応しいことをやっておいたほうがよくないですか？」

「よくねえよっ」

むしろなぜいいと思ったのか。

「だって、聖也さんが今日のことを誰かに話したとき、結局何もしなかったというのは恰好悪いんじゃないかと」

「まず誰にも話せないから、そんなことは心配してくれなくていい」

疲れたように言い返す僕と、その僕を見てにこにこ笑っている美沙。

「まったく。そんなことが言えるならもう大丈夫だな。とっとここを出るぞ」

「そうですね」

こんなところに長居していたら頭がおかしくなりそうだ。

§§§

「悪いけど、ちょっと寄りたいところがある」

ファーストフード店の朝メニューで朝食をすませた後、僕は美沙にそう告げた。

「それはかまいませんが……そう言いながら、もうほとんど帰ってきてますよ？」

「いいんだ。僕が寄りたいのは、美沙も知ってる場所だ」

僕はそう答えつつ最寄り駅を降りて向かったのはいつものコートだった。

日曜の朝だというのに、コートには誰もいない。もったいない。もしかしたらこの町の住人でここを使っているのは僕と美沙だけなのではなかろうかと、半ば本気で考えてしまう。

「あれ、美沙のだよな」

そして、ゴールには昨日の夜に見たときのまま、バスケットボールが詰まっていた。

「ええ、そうです。……どうしましょう？　家から箒《ほうき》でも持ってきましょうか？」

「いいよ、そんなもの」

たぶん長い棒で突いて落とすつもりで思いついたのが箒なのだろう。

だけど、もっと手っ取り早い方法がある。

僕は手首と足首を回し、さらに軽く数回跳《と》んでみて準備運動の代わりとした。どうせこの後のこともあるのだ。むだにはならないだろう。

僕はゴールへと走り出した。全力疾走ではなく、力を温存する感じ。そして、最後に二歩、力強く地を蹴《け》って、

「ふっ」

三歩目で踏み切った。それまで得たスピードをあますことなく上へと飛ぶ力に変える。

「よっ」

指がボールに触れ、弾き飛ばした。見事リングから外れる。

「すごいです！　去年の聖也さんを見てるみたいです」

「そうでもないよ」

自分のことだから僕自身がいちばんよくわかる。やはり全盛期の自分には及《およ》ばないので、辛《かろ》うじて届いたといったところ。ボールがリング脇《わき》にめり込むくらい強く詰まっていたら取れなかったかもしれない。

「このためにここに？」

半日ぶりに帰ってきたボールを手に美沙が問う。

「いや」

と、答えたときだった。

「刀祢！」

それを呼ぶのは小南《こみなみ》だ。手にはバスケットボールを持っている。

僕のかつての姓。

「おはよう、小南」

「何が『おはよう』だよ。急に朝から呼び出しやがって」

ここにくること自体吝《やぶさ》かではなかったのだろうが、いきなりの話だったことに不満があるようだ。

「おはようございます」

「うおっ！　く、黒江《くろえ》さん⁉」

どうやら不機嫌のあまり僕しか見えていなかったらしく、美沙が挨拶《あいさつ》をすると小南は飛び上がるほど驚いた。

「何だ、知ってるのか？」

「ま、まぁ、有名だしな……」

彼は居心地悪そうに目を泳がせながらも、ちらちらと美沙を見ている。

やはり小南も有名どころの女の子の話題はちゃんとおさえているらしい。とは言え、接する機会などこれまでなくて、いきなりのこの事態に戸惑っているのだろう。

「刀祢、どうして黒江さんをつれてるんだよ」

「家が近くでね。出るときにたまたま鉢合わせして、勝手についてきたんだ」

まさかついさっきまで一緒にホテルにいたとは言えるはずもない。

美沙はこちらの心情を見透かしているかのように、にこにこと笑っている。よけいなことを言わなければいいが。

「まぁ、いい。それよりも本当だろうな、俺《おれ》と勝負するって」

「もちろん。テキチャにもそう書いただろ。だからボールも持ってきてもらった」

朝のテキストチャットの相手は小南だった。転校してきた初日、相手の名前もわからないまま自己紹介代わりに交換した大量のＩＤの中に小南のものも入っていたのだ。

「約束は守らないとな。塚里中《つかさとちゅう》の小南湘太郎《しょうたろう》」

「ッ⁉　お前……」

小南が目を見開く。

「覚えてたのか？」

「まぁね。中三の最初の大会だったかな」

「そうだよ」

小南は怒ったように相づちを打つ。

中学三年生に上がってすぐの大会で、僕がいた美樹中《みきちゅう》と小南の塚里中があたった。そのとき塚里中のフォワードでは僕をまったく止められず、ミスマッチを覚悟でマークを代わった小柄なポイントガードが小南だった。自分がやるしかないという気迫は先日の体育のときの比ではなく、実際そこから僕はかなり動きを封じられた。

当然、それでもこちらが勝ったのだが、そのときにまた勝負しようと小南と約束したのだ。しかし、多くの三年生の最後の舞台となる夏の総体では再戦の機会が目の前で逃げていき、その約束も果たされないまま今に至る。

「覚えてたのに、何で忘れたフリしてたんだよ」

「……たぶん僕は本当の意味で小南との約束は守れない」

「どういうことだ？」

慎重に言葉を選んだ僕に、小南が問う。

「小南は知らないみたいだけど、僕がバスケをやめた理由は右腕を折ったからだ」

「え？」

「それ以来、僕はケガをする前と同じようにはプレイできなくなって、何より繊細なボールハンドリングができなくなった」

「だからって……いや、刀祢には致命的、か」

かつての僕を身をもって知っている彼は納得したようだった。

「今はもうあのときの僕ではないし、全力も出せない」

果たして、それで約束を守ったことになるのだろうか。

「ついでに言うと、それでも僕が勝つよ。どうする？　やる？」

「やるに決まってるだろ。勝手に勝敗まで決めるなよ」

「おっと」

小南が鋭いチェストパスを寄越してきて、僕はそれを受け止める。そのボールで少し手遊びをしてから彼へ投げ返した。

「わかった。じゃあ、やろうか」

僕と小南は、それぞれアップをはじめる。

「だから言ったじゃないですか」

と、そこに美沙が声をかけてきた。

「何をだよ」

「やるべきことをやっておけば、ホテルに行ったことを隠さないですんだのに」

「何もしなかったことが恰好悪くて隠したんじゃないっ」

ホテルに行ったこと自体隠すべき事柄だし、何かやっていたら尚《なお》のこと人には言えない。

尤も、おそらく美沙もわかっていてピントのずれたことを言っているのだろうが。

「それはおいとくとして――」

ひとしきりくすくすと笑った後、彼女は切り出してくる。

「あんなにバスケをやりたがらなかったのに、どうしてですか？」

「そうだな……」

僕は向こうのゴールを使ってシューティングをはじめた小南を見た。

彼はマイボールを持っている。それも高校バスケ以上で使う7号ボールだ。つまりそれは中学でバスケをやめると決めた後で買ったもので、バスケはやめてもバスケを捨てるようなことはしなかったということだ。

実際、彼は体育の授業でも全力でやっていた。素人《しろうと》四人にちゃんと指示を出し、ずっと勝ち続けていた。

そんなふうに真剣にバスケと向き合い続ける彼に比べて、僕はどうだ？　以前と同じようにプレイできなくなったからとバスケをやめるだけでなく、バスケそのものを捨ててしまった。バスケが僕を見放した？　ちがう。ほかでもない僕がバスケに背を向けたのだ。

そんなふうにバスケを捨てた僕と戦って、果たして小南は喜ぶのだろうか。

「僕は前みたいに動けなくなった自分が許せないんじゃなくて、本当はそういう自分に耐えられなかったんだと思う」

「何かちがうんですか?」

「要は、みっともない自分がいやになっただけなんだよ」

そして、昨夜の誰かのように自暴自棄になっていただけ。

本当はバスケを捨てる必要も、ましてやバスケから見放される理由もなかったのだ。確かに以前と同じプレイはできなくなったかもしれない。それでも美沙の言うように、『これから』を探すことはできたはずだ。自分の望む舞台で戦えなくなってもバスケに向き合い続けている小南湘太郎というプレイヤのように。

「美沙、ボールを貸してくれ」

「あ、はい」

彼女からボールを受け取ると、僕もシューティングをはじめた。

美沙のは6号ボールなので軽い。変に慣れないほうがいいかと思い、体を温《ぬく》める程度にとどめる。

「小南、そろそろやろうか」

「いいぜ」

程なくして、はじまった。

ルールは単純だ。ハーフコートの一対一。それを交互にやるだけ。攻守をそれぞれ何回やるとか、何本先取だとかは決めなかった。決めるだけむだだ。僕が圧倒するのは目に見えているのだから。小南には悪いが、ケガで一線を退いたとは言えかつてはＮＢＡを目指し、周りからもそうあることを期待されていたのだ。その僕が負けることはない。後は小南が満足するか納得するまで続けるだけだ。

先攻は僕。

ハーフライン付近で向かい合うと、僕は一度ボールを小南に渡し、彼もそれをすぐに返してきた。

ゲーム開始。

「あっ」

だが、距離を詰めてきた小南の目は、直後、驚愕《きょうがく》に見開かれることになる。

一瞬で僕が彼を抜き去ったからだ。

先日、美沙にもやってみせたクロスオーバー。それを手加減なしで仕掛けたのだ。あまりにも速くて小南は、最初の一歩にすら反応できず――僕はそれでもあえてドリブルチェンジをして、反対側から抜き去ってみせた。

「まずは一本だ」

僕は悠々《ゆうゆう》とレイアップシュートを決める。

「くそっ。手も足も出なかった……」

小南は踵《かかと》でコートを蹴って悔しさを露《あらわ》にした。

手も足も出なくて当たり前だ。クロスオーバーは刀祢聖也の得意技だったのだから。多少切れ味は鈍ったかもしれないが、未《いま》だナマクラではない。

攻守交代。

彼はいきなりフェイクを入れてきた。思わず反応した僕の一瞬の隙《すき》を突いて、体の脇ギリギリを抜き去る。速い。バスケをやめてもバスケを捨てなかった男は、現役《げんえき》だったころに勝るとも劣らないスピードを保っていた。

だが、抜かれた僕は小南を追いかけて、並走。そして、跳躍。彼がレイアップでボールをリリースした瞬間を狙《ねら》って――それを叩《たた》き落とした。ボールはサイドラインを割ってコートの外へと転がる。

「普通、レイアップを弾くかよ」

「小南のシュートが素直すぎるんだよ。大きいやつに狙われてるときはタイミングを外したほうがいい」

吐き捨てるようにこぼす小南に、僕は忠告する。

尤も、今回の場合は僕が横からプレッシャをかけ続けたから、彼は慌ててシュートせざるを得ず――その結果、何のひねりもないレイアップを僕に叩き落とされたわけだが。

「うるさいっ」

小南はボールを拾うと、僕に投げて寄越した。

再び攻守交代。

ボールをキープする僕と、腰を落とし油断なく身構える小南。おそらく彼は先ほどあっさりと抜かれたことで警戒心を強めたのだろう。が、遠い。

「……小南」

「あ？」

「……ドライブを警戒して下がりすぎだ」

僕は、次は抜かれまいとする彼のその裏をかくようにシュートフォームに入った。

小南が舌打ちしながら慌ててシュートチェックに寄ってくる。

しかし、そこで僕はシュートを中断。距離を詰めてきた小南と入れ違うようにして、ワンドリブルで斜め前に出た。

そのままリズムに乗ってジャンプシュート。ボールはノータッチでリングを抜ける。

「これで二本目」

得点で言えば、今のがスリーポイントで合わせて五点目だ。

「つ、次だっ」

小南は走ってボールを拾いにいき、再び位置についた。

攻守を交代して、小南の二回目の攻撃。

彼は、今度は一瞬の勝負ではなく、ゆっくり攻めることにしたようだ。抜こうとしては阻《はば》まれて下がり、突破しようとしては行く手を塞《ふさ》がれてまた下がりしつつ、次第にゴールへと迫ってきた。

そして、ついにはミドルレンジからのシュート。

だが、やや狙いが甘い。それは打った小南もよくわかっているようで、すぐさまゴール下へと走り込んでいく。僕もゴールへと向き直り――僕と小南は背中で押し合うようにして位置を奪い合う。

僕たちの身長差は十センチ強。リバウンド勝負の結果は見えている。小南が並外れた跳躍力をもっていれば話は別だが、あいにくと僕もジャンプには自信があった。

だが、それでも小南は諦《あきら》めずに競り合おうとする。

案の定、シュートは外れ、僕たちはリングに弾かれたボールに向かって手を伸ばしながら跳び――そして、やはり高さで優る僕がリバウンドを制したのだった。

ボールを両手で摑んで着地する僕と、空中で弾き飛ばされて尻《しり》もちをつく小南。僕はフィジカルの強いほうではないが、さすがに小柄な彼が相手なら当たり負けはしない。

「大丈夫か?」

「これくらい」

僕が差し出した手を借りて小南は立ち上がる。

やはり展開は一方的——と思われた。

スコアだけを見れば、僕が必ず得点し、小南の攻撃はすべて僕に阻まれている。しかし、勝負の内容は次第に拮抗《きっこう》しつつあった。たまたま最後に小南のシュートが外れただけ、僕が小南に張りつかれたまま強引《ごういん》にシュートにいってたまたまうまく入っただけ、という場面も増えてきた。

そして、ついにそのときがきた。

小南の攻撃。

「このままで終われるかっ」

彼は意地を見せようとしていた。

そのとき僕は、小南が純粋にスピードで抜きにくると思った。だから、前に立ちはだかろうとして——次の瞬間、彼の姿は消えていた。

気がつけば小南は反対側にいて、さらにもう一瞬後にはゴールへと迫っていた。

僕はそれを黙って見送り、レイアップでボールをリングに落とすところまで、立ち尽くしたまま見守った。

小南のフェイクはふたつあった。

ひとつは力業で抜きにかかるという気迫。そして、もうひとつはかつての刀祢聖也のお株を奪うクロスオーバー。僕はそのふたつのフェイクに引っかかったのだ。

「どうだ。見たか、刀祢！」

ゴール下で声を張り上げる小南。

人によっては、それは散々負け続けた末のようやくの一本に見えたかもしれない。

「ああ、見た。すごいな！」

だけど、僕にはとても眩《まぶ》しいものに見えた。

バスケを諦めざるを得なくなろうとも、それでもバスケを捨てなかった男が、強大な敵に喰らいつき続けてようやくもぎ取った一本だ。十分に価値がある。

だが、それを汚しているのは誰あろう僕だ。

喰らいつく敵が、こんなバスケを捨てて過去の貯金で食いつないでいるような抜け殻《がら》でなければ、もっと素晴らしかっただろうに。

「せめて僕も、今の僕なりに応《こた》えないとな」

攻守交代。今度は僕の番だ。

油断なく向き合う僕と小南。

その肌を刺すような緊張感とは裏腹に、彼は笑みを浮かべていた。

まるで鏡を見ているかのようだ。

なぜなら僕も小南と同じように笑っていただろうから。心地よい緊張感が気分を高揚《こうよう》させているのだ。

仕掛ける。

僕は小南を抜くべく大きく踏み出した。当然、彼もそれに反応する。が、そこでドリブルを低く速くフロントでチェンジして、反対側から抜きにかかる。

もちろん、クロスオーバーだ。

やられたらやり返す。クロスオーバーで抜かれたのなら、こちらも刀祢聖也の代名詞であるクロスオーバーでお返しをせねば。

これで抜いたと思った。

だが、僕は見た。小南が僕に逆を突かれるや否《いな》や、すぐさまリバースターンに転じたのを。フェイクにつられて振れてしまった状態からリバースターンに移行するのは、おそらく最も動作的にロスのないリカバリー方法だろう。彼は諦めず喰らいついてくる。

結果、僕は完全には抜ききれず、小南に横から張りつかれてしまった。

どうする？　一度止まって立て直すか？　いや、ダメだ。今の小南を改めて抜ける気がしない。ならば彼には悪いが、こちらが有利な場所で勝負させてもらうしかない。

僕はボールを放った。そして、続けてバックボードにあたって跳ね返ってきたそれに向かって跳ぶ。――そう。体育の授業で小南と一対一になったときにやったのと同じだ。だが、同じなのはここまで。あのときはタップで放り込んだが、今回はアリウープ。

ワンマン・アリウープ――つまり僕は跳ね返ってきたボールを掌で受け止めると、そのまま片手のダンクでボールをゴールに叩き込んだのだ。

右手でリングにぶら下がりながら、下に小南がいないことを確認してから着地する。

「よっ」

と、コートに降り立てば、小南は茫然《ぼうぜん》としていた。

やがてはっと我に返り、

「ははっ、それが刀祢のダンクかよ！　すっげぇな。マジですげぇ！」

なぜか大はしゃぎだった。

僕も内心では興奮気味だ。ダンクシュートは全盛期の僕でも、調子のいいときにしかできなかった。今それができたのは、きっと小南の不屈の闘志に中《あ》てられたからだろう。

この後、僕たちは互いにへとへとになるまで一対一を繰り返した。

5

僕と小南は隣り合うベンチふたつで、頭を突き合わせるようにして倒れ込んでいた。

「ようやくあのときの約束が果たせたな」

「そうだね」

息も絶え絶えに、僕たちは言葉を交わす。

あのときの約束――中三の最初の大会で小南の塚里中との試合の後、また必ず勝負しようと誓った約束だ。

しかし、どういう巡り合わせの悪さか、その後、大会であたることもなければ練習試合を組まれることもなく――結局、相まみえかけたのは最後の舞台である総体のときだった。だが、それも塚里中が次に勝てば我が美樹中との対戦というところで負けてしまい、約束は果たされないままになってしまったのだった。

「なぁ、うちが負けた南第二中《みなみだいにちゅう》のあいつ。あの秘密兵器みたいなやつ、知ってたか？」

「いや」

南第二中はノーマークだった。だが、最後の最後、総体で今まで出したことのない選手を投入してきたのだ。

それは小南よりも小柄な体でありながら、三歩で最高速に達するような暴力的な加速と、ボールとゴールへの貪欲《どんよく》な嗅覚《きゅうかく》を備えたシューティングガード。そいつひとりに塚里中は敗北を喫《きっ》したと言ってもいい。

「でも、まぁ、うちが仇《かたき》をとっておいたから」

「頼んでねぇよ」

小南は苦笑する。

美樹中は、塚里中の代わりに勝ち上がってきた南第二中と戦った。第三クォーターまでは拮抗していたが、例の秘密兵器の無鉄砲気味なプレイスタイルが災いした。彼がファウル四つで動きが鈍り、第四クォーター早々5ファウルで退場すると、そこから一気に突き放してこちらが勝利を摑んだ。正直、無名校相手に屈辱の辛勝といったところだ。

「刀祢、やっぱりバスケはもうやらないのか？」

「そのつもり。自分のことは自分がよくわかってるからね。ケガをする前のようなキレのあるプレイはもうできそうにない」

問う小南に、僕は答える。

「そうか……」

彼は残念そうにつぶやいた。

確かに僕はもう高校バスケに戻る気はない。でも、バスケを捨てるつもりも、もうなかった。だから、またどこかでやれる場所があればやってみようかと思う。例えば、近々あるという球技大会とか。

「お疲れ様です、おふたりとも」

と、そこでいきなりの声。

「うおっ。く、黒江さん⁉」

「ああ、そう言えばいたな」

小南は驚いてベンチの上で体を起こし、僕はそのままで白けたように言った。

「ひどいですね、聖也さんは。せっかくこういうものを買ってきてあげたのに」

そう言った美沙の手をよく見れば、両手に一本ずつスポーツドリンクが握られていた。

しかし、確か美沙は昨夜、スマートフォンだけを持って飛び出したはずだ。スマホか交通系ＩＣカードが使える自販機にでも行ったのだろうか。

「……これを俺に？」

「はい。どうせ原資は聖也さんのお財布から出てますから」

「ちょっと待て」

何を勝手に人の金で買いものをしてくれてるんだ。

「悪いな、刀祢」

小南はペットボトルを掲げてみせてから、それを呷《あお》った。

もう好きにしろ。

「美沙、そろそろ帰るか」

「そうですね」

僕の都合でこんなところに寄ったせいで、もっと早く帰れるはずがずいぶんと遅くなってしまった。おばさんが心配していることだろう。

「またな、刀祢」

「ああ、また明日」

僕はベンチから立ち上がった。

「小南、今の僕は比良坂《ひらさか》だよ。別にバスケをやめて刀祢聖也は死んだなんて言うつもりはないけど、刀祢じゃなくて比良坂だ」

「そうだったな、比良坂」

遅れて小南も立ち上がる。

そうして僕たちは握手を交わしてから、互いに踵《きびす》を返した。

§§§

「ただいま……」

僕が見守る中、美沙はおそるおそる玄関ドアを開けた。

「美沙……!? あぁ、よかった、無事で。本当にどこに行ってたのよ、この子は」

すぐにぱたぱたとスリッパを鳴らして姿を現したおばさんは、美沙を抱きしめる。

無事であることは僕の母を通じて知っていたはずだが、それとこれとは話が別で、やはり家に帰ってきた我が子を見るまでは安心できなかったのだろう。

「ごめんなさい……」

さすがに親が相手でも本当のことは言えず、謝るしかない美沙。尤も、そうでなくても謝るべきことをしているのだが。

ひと晩どこに行っていたかについては、ファミレスとかネットカフェとか、無難なところを言っておけと釘《くぎ》を刺してあるので大丈夫だろう。

「ごめんなさいね、聖也さん。うちの美沙のために」

「いえ……」

僕は何もしていない。ただひと晩中美沙と一緒にいてやっただけ。

或《ある》いは——、

「ほら、美沙も」

「聖也さん、本当にありがとうございました」

「いいよ、別に」

母親に促されてお礼を言う殊勝《しゅしょう》な態度の美沙に、僕は苦笑しながら答える。

「じゃあ、僕はこれで」

そうして黒江家の玄関ドアを閉めた。

これでようやく長い夜が終わった、といったところか。

とは言え、この夜明けのために僕は何もしていない。ただひと晩中、いや、一日中美沙のそばにいてやって、どうでもいい話をしていただけ。

或いは、その話の中で、お前に『これから』はないのかと問うてきた美沙の言葉は僕の痛いところを突き、自暴自棄になる彼女を諭《さと》しながら僕は己《おのれ》を顧《かえり》みることができた。

ある意味では、救われたのは僕のほうなのかもしれない。

エピローグ

次の週末、いつものコートで僕は、買ったばかりのバスケットボールを使って体を動かしていた。

レイアップシュート、ミドルレンジからのジャンプシュート、見えない敵にフェイクを入れてのドリブルイン……。

すぐ近くのベンチでは美沙《みさ》がそれを見ていた。

「お母さん、再婚をやめるそうです」

彼女がそう切り出してきたので、僕はひと休みついでに聞いてやることにした。

「なんだ、美沙が駄々をこねたのか」

「ちがいます」

美沙は頰《ほお》をふくらませる。

「わたしはちゃんと賛成するって伝えました。……聞きたいですか、お母さんが再婚しようと思った理由とやめた理由」

「……ああ」

面倒くさい流れだと思ったが、僕も少しばかり関《かか》わっていることなので、そう返事をする。

「わたしに父親が必要だと思ったからだそうです。再婚しようと思ったのは」

「ふうん」

なるほど。あけてみれば美沙のことを考えての決断だったわけだ。もちろん、好意を寄せる相手でなければ再婚なんてできないだろうが。

「で、やめたのは」

僕は次を促す。

「『こんなに頼れるお兄さんが近くにいるなら安心ね』だそうです」

「……」

いったい誰《だれ》のことだろうな。

「そうか。そんなのがいるとは知らなかった」

「ええ、わたしもとんと知りません」

「うん？」

すっとぼけてみれば、予想外の返事が返ってきた。

「一緒にホテルに行くような男性はいるのですが……」

「いや、たぶんそのお兄さんとやらは僕のことだ」

僕が慌《あわ》ててそう答えると、美沙はぱっと目を輝かせる。

「わかりました。じゃあ、親が留守のときにイケナイことをする兄妹プレイなんてどうでしょう？」

「やめろっ」

「では、お兄ちゃんっ子な妹プレイで。『お兄ちゃん』と呼ぶのはふたりだけのときがいいですか？　それとも外でも？」

「どっちもお断りだ。というか、呼ぶな」

この芸風も素の美沙のものだったか。いったいどこまでが素で、どこからがヤケを起こしてやっていたことなんだろうな。

「お前みたいな妹がいてたまるか」

「あら、それはわたしが妹以外の存在になれると思っていいのでしょうか？」

「思うのは勝手だけど、ちがうからな？」

そこはきっぱりと否定《ひてい》しておく。

「じゃあ、何ですか？　……ああ、わかりました」

美沙は何かよからぬことを閃《ひらめ》いたらしく、意地の悪そうな笑みを浮かべた。

「そう言えば、聖也《せいや》さんに裸を見られているのでした」

「ッ⁉」

「わたし、自慢ではありませんが、大人っぽくてスタイルがよくて、しかも、ちょっとえっちですから——つまりはそんな発育のいい妹がいてたまるか。十四歳には見えん、ということですね？」

「ち——」

「ちがうんですか？」

美沙は僕の言葉を遮《さえぎ》って問う。

「いや、まぁ、多少はあるかもな」

僕は発音不明瞭ながらバカ正直に答えた。

「やっぱり自撮りを送ったほうがいいですか？」

「絶対送ってくんな」

僕がそう言えば、美沙はくすりと笑った。

「わたしも聖也さんにはお兄さん以外の人になってほしいです」

そうしてから何気ない調子で、そう口にする。

「そんなことほかのやつに頼めよ」

僕は美沙に背を向けると、テキトーな位置からジャンプシュートを放った。が、惜しくも外れてしまう。ミドルレンジの四十五度は僕の得意とするところで、フリーならめったに外さないはずなのだが。

「今はバスケのことを考えたいんだ」

僕という人間の中心にあったバスケ。

今はもうやめてしまったけど、せめて捨てることはしないでいようと決めた。

「今は？」

「そう、今は」

僕は答える。

「それが終わったら、もう少しいろんなことを考えるよ」

「わかりました。わたしも今はそれでいいです」

納得する美沙。

僕はボールを拾い、振り返った。

「美沙、一緒にやらないか。また何か教えてやるよ」

「もう、聖也さんったら。どうせならもう少し色気のあることに誘ってくださいよ」

美沙は不貞腐《ふてくさ》れたように言いながら立ち上がると、自分のボールはその場に置いて、こちらに歩いてくる。

「まぁ、別にいいですけど。今はまだ『仲のいい近所の女の子』ですからね。お行儀よくいい子にしておきます。……人前では、ですけど」

例の如《ごと》くやけに艶《つや》のある笑みを浮かべ、そんなことを言う小悪魔少女。

もちろん、僕はそれを聞こえなかったことにした。

あとがき

初めましての方、初めまして。

そうでない方はお久しぶりです。

作者の九曜《くよう》です。

このたび、ちょっとした紆余曲折《うよきょくせつ》があり、こうしてGA文庫様から作品を出していただくことになりました。

内容に触れましょう。

ヒロインは十四歳。わたしが書いた作品の中では最年少です。

わたしにとって十四歳というのは少々特別で、どことなく神聖な存在なのです。それも十四歳は十四歳でも、中学二年生で誕生日を迎えた十四歳ではなく、中学三年生で誕生日を迎えていない十四歳。年齢としては明らかに子どもなのに、時々大人っぽい瞬間を見せそうな——それがわたしにとっての十四歳です。

そんな十四歳をライトノベル的にアレンジしたのが小悪魔ガール、美沙《みさ》。

わたしが書く小説ではローティーンのヒロインは初めてなのですが、それでも非常にわたしらしい作品になったと思っています。

その証拠に、実にすんなりと書き上げることができました。……少し前に刊行した作品は、七回も八回も書き直したのにな。どうせなら単位が『刷』だったらよかったのに。

でも、やっぱりちょっと苦労したところもありまして。

今回ストーリィのメインではない部分にバスケットボールがあります。実はわたしも担当さんもバスケ経験者で、そうであるが故《ゆえ》に専門用語が一般の方にどこまで通じるか判断ができないという事態に陥りました。

「クロスオーバーなんて普通知らないですよね？」「バックコート、フロントコートなんて言われてもわからないんじゃ？」「ダンクは有名だから大丈夫だよね？」などなど。しまいには「レイアップ、チェストパスくらいはわかってほしいなぁ……」までいきましたから。

本文にもその苦労の跡が見て取れるのではないかと。

では、最後に謝辞です。

まずはイラストを引き受けてくださった小林《こばやし》ちさと様、素敵な小悪魔ガールをありがとうございます。それから担当の中島《なかじま》様、お声をかけてくださってから約二年。どうにかここまでくることができました。ありがとうございました。さらには校正さんやデザイナー様など、この作品を刊行にするにあたってお力を貸してくださった方々、本当にありがとうございました。

そして、何よりこの作品を手に取ってくださっている皆様に、心からの感謝を。

では、またお会いできることを願って。

二〇二〇年十月　九曜

ファンレター、作品の
ご感想をお待ちしています

〈あて先〉

〒106－0032
東京都港区六本木2－4－5
ＳＢクリエイティブ（株）
GA文庫編集部 気付

「九曜先生」係
「小林ちさと先生」係

本書に関するご意見・ご感想は
右の QR コードよりお寄せください。

※アクセスに発生する通信費等はご負担ください。

https://ga.sbcr.jp/

週4で部屋に遊びにくる小悪魔ガールはくびったけ！

発　行　2020年11月30日　初版第一刷発行
著　者　九曜
発行人　小川 淳

発行所　SBクリエイティブ株式会社
〒106−0032
東京都港区六本木2−4−5
電話　03−5549−1201
03−5549−1167（編集）

装　丁　AFTERGLOW

印刷・製本　中央精版印刷株式会社

ISBN978-4-8156-0727-2
Printed in Japan　GA文庫

天才王子の赤字国家再生術8
～そうだ、売国しよう～
著：鳥羽 徹　画：ファルまろ

GA文庫

　選聖会議。大陸西側の有力者が一堂に会する舞台に、ウェインは再び招待を受けた。それが帝国との手切れを迫るための罠だと知りつつ、西へ向かうウェインの方針は――

「全力で蝙蝠《こうもり》を貫いてみせる！」

　これであった。グリュエールをはじめ実力者たちと前哨戦を繰り広げつつ、選聖会議の舞台・古都ルシャンへと乗り込むウェイン。だが着いて早々、選聖侯殺害の犯人という、無実の罪を着せられてしまい!?

　策動する選聖侯や帝国の実力者たち、そして外交で存在感を増していくフラーニャ、天才王子の謀才が大陸全土を巻き込み始める第八弾！